Corazones entrelazados
Maureen Child

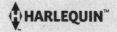

Editado por Harlequin Ibérica.
Una división de HarperCollins Ibérica, S.A.
Núñez de Balboa, 56
28001 Madrid

© 2015 Maureen Child
© 2017 Harlequin Ibérica, una división de HarperCollins Ibérica, S.A.
Corazones entrelazados, n.º 2098 - 1.3.17
Título original: Having Her Boss's Baby
Publicada originalmente por Harlequin Enterprises, Ltd.

I.S.B.N.: 978-84-687-9101-2
Depósito legal: M-42983-2016
Impresión en CPI (Barcelona)
Fecha impresion para Argentina: 28.8.17
Distribuidor exclusivo para España: LOGISTA
Distribuidores para México: CODIPLYRSA y Despacho Flores
Distribuidores para Argentina: Interior, DGP, S.A. Alvarado 2118.
Cap. Fed./Buenos Aires y Gran Buenos Aires, VACCARO HNOS.

Capítulo Uno

Brady Finn estaba contento con su vida. Sí, no estaba demasiado entusiasmado con aquella inversión en la que acababa de meterse Celtic Knot Games, pero no había tenido más remedio que tragar con ella. Era lo que pasaba cuando tus socios eran dos hermanos que siempre hacían frente común en todas las decisiones importantes, aunque luego discutieran por pequeñeces.

Pero aun así, no cambiaría nada. Si tenía la vida que tenía era gracias a que los hermanos Ryan y él habían creado esa compañía cuando aún estaban en la universidad. De hecho, habían sacado al mercado su primer videojuego con poco más que sus sueños y la arrogancia propia de la juventud.

Ese juego, Fate Castle, basado en una antigua leyenda irlandesa, se había vendido lo suficiente bien como para financiar su próximo juego, y en la actualidad Celtic Knot Games se encontraba en la cúspide del mercado de los videojuegos. También habían expandido su negocio para abarcar las novelas gráficas y los juegos de rol, pero con aquella nueva inversión se estaban adentrando en un terreno desconocido. Lo poco que sabían de hoteles podría escribirse en la cabeza de un alfiler, es decir, nada de nada.

Pero, ya que no le quedaba otra que aceptar la situación, trataría de ser positivo y pensar que aquel desafío terminaría siendo un nuevo éxito para Celtic Knot Games, se dijo paseando la mirada por la sala de juntas, donde estaban reunidos en ese momento. Tenían sus oficinas en una mansión victoriana en Ocean Boulevard de Long Beach, California. Era un entorno de trabajo relajado, confortable y estimulante. Podrían haberse instalado en un moderno rascacielos de cristal y acero, pero a ninguno de los tres les había atraído la idea. En vez de eso habían comprado aquella vieja mansión y la habían rehabilitado, adaptándola a sus necesidades.

Tenían todo el espacio que querían y no era un lugar frío y agobiante como las oficinas de muchas otras compañías de éxito. Había una vista espectacular de la playa al frente, y en la parte de atrás unos extensos jardines, el sitio ideal para hacer un descanso.

–Pues a mí me parece que los diseños para el nuevo juego son estupendos –insistió Mike Ryan.

–Lo serían si esto fuera un concurso de artes plásticas de quinto de primaria –replicó Sean, alcanzando uno de los dibujos desperdigados por la mesa para ilustrar su punto de vista–. Peter ha tenido tres meses para hacer este guion gráfico –añadió, visiblemente irritado, clavando el índice reiteradamente en el papel–. Mira esta *banshee*. ¿Te parece aterradora? Tiene más pinta de surfista esquelética que de mensajera de la muerte.

–A todo le encuentras fallos –protestó Mike, rebuscando entre las hojas hasta encontrar la que quería–. Este cazador medieval es genial. Le está costando hacer un diseño convincente de la *banshee*, de acuerdo, pero seguro que al final acertará con lo que queremos.

–Ese es el problema con Peter –intervino Brady. Los dos hermanos se giraron para mirarlos–. Siempre es «al final»; no ha cumplido ni un plazo de entrega desde que empezó a trabajar con nosotros –sacudió la cabeza y tomó un sorbo de café, que ya estaba enfriándose.

–Es verdad –asintió Sean–. Le hemos dado a Peter muchas oportunidades para que nos demuestre que se merece el dinero que le pagamos y aún no lo ha hecho. Quiero que probemos con Jenny Marshall.

–¿Jenny Marshall? –repitió Mike frunciendo el ceño.

–A mí no me parece mala idea –intervino Brady de nuevo–. Lleva seis meses con nosotros, y los fondos que dibujó para Forest Run estaban muy bien. Tiene talento. Se merece una oportunidad.

–No sé –murmuró Mike–. No es más que una ayudante. ¿De verdad creéis que está preparada para confiarle los diseños de los personajes?

Sean iba a decir algo, pero Brady levantó la mano para interrumpirlo. Si seguían con aquella discusión, no terminarían nunca.

–Yo sí lo creo. Pero antes de que decidamos nada, hablaré con Peter. Mañana es la fecha límite que le dimos, y si vuelve a fallarnos, no volvemos a contratarlo. ¿Estamos de acuerdo?

–Por supuesto –asintió Sean, y le lanzó una mirada a su hermano.

–Está bien –dijo Mike. Se echó hacia atrás en su asiento y apoyó los pies en la esquina de la mesa–. Y, cambiando de tema, ¿cuándo llegaba nuestra visitante irlandesa?

–Debería aterrizar dentro de una hora –contestó Brady.

–Habría sido más fácil que fueses tú a Irlanda –apuntó Mike–. Así podrías haberle echado un vistazo al castillo, de paso.

Brady sacudió la cabeza.

–Estoy muy ocupado como para irme ahora de viaje. Además, ya hemos visto el castillo en los vídeos en trescientos sesenta grados que hay en la página web.

–Es verdad –dijo Mike con una media sonrisa–. Será perfecto para nuestro primer hotel: Fate Castle.

La idea, además de ponerle el nombre de su primer videojuego, era reformar aquel castillo, que había sido convertido en un hotel hacía varias décadas, para hacer de él un complejo vacacional de lujo donde los huéspedes podrían imaginarse que eran parte del mundo de fantasía donde se desarrollaba la historia.

Brady seguía sin verlo claro, pero los seguidores habían enloquecido cuando lo habían anunciado en la última edición de Comic-Con, la convención anual de cómics, cine y videojuegos de San Diego.

–¿Y cómo dijiste que se llamaba esa mujer? –inquirió Sean.

–Se apellida Donovan –respondió Brady–. Su nombre de pila debe ser gaélico. Se escribe «Aine», pero no tengo idea de cómo se pronuncia. En fin, es igual –dijo bajando la vista a la carpeta que habían recibido sobre el hotel castillo y sus empleados–. Lleva tres años como gerente, y aunque los dueños del hotel estaban perdiendo dinero, parece que estaban contentos con su trabajo. Tiene veintiocho años, es licenciada en Gestión de Hostelería y vive en la propiedad, en una cabaña de invitados, con su madre y su hermano pequeño.

–¿Tiene casi treinta años y aún vive con su madre? –Sean dejó escapar un largo silbido y fingió que se estremecía–. Debe ser muy fea. ¿Hay alguna foto de ella en la carpeta?

–Sí –Brady sacó la hoja y la empujó hacia Sean, que estaba sentado frente a él.

Era una foto pequeña, la típica foto de carné, y aunque no era un esperpento, tampoco era demasiado atractiva.

Tanto mejor, porque a él le perdían las mujeres guapas y lo último que querría sería tener un romance con una empleada.

–Bueno, no está mal –dijo Sean al ver la foto.

Aquel patético intento de arreglarlo hizo reír a Brady con sorna. La verdad era que la chica no parecía gran cosa. En la foto tenía el pelo peinado hacia atrás, probablemente recogido en un moño, las gafas hacían que sus ojos verdes pareciesen enormes, y su pálida piel parecía aún más blanca en contraste con la puritana blusa negra que llevaba.

–Es una gerente, no una modelo –apuntó, sintiéndose por algún motivo en la obligación de defenderla.

–Déjamela ver –le dijo Mike a su hermano.

Sean le pasó la hoja con la foto. Mike la estudió un momento antes de levantar la vista y encogerse de hombros.

–Parece… eficiente –dijo, y le devolvió la hoja a Brady.

Este sacudió la cabeza, volvió a meter la hoja en la carpeta y la cerró.

–Mientras haga bien su trabajo, da igual qué aspecto tenga –concluyó–. Y según los informes que tenemos sobre el hotel y sus empleados, es buena en lo que hace.

–¿Les has hablado de los cambios que tenemos pensados? –preguntó Mike.

–La verdad es que no. No tenía sentido intentar explicárselo todo por teléfono. Además, la última vez que hablé con ella aún no habíamos terminado el plan para la remodelación.

Y como las reformas comenzarían dentro de un mes, era el momento de poner al corriente a Aine Donovan.

–Bueno, pues si ya hemos acabado con este asunto, me ha llamado una compañía de juguetes que está interesada en fabricar muñecos de algunos de nuestros personajes –dijo Sean.

–¿Muñecos? –Mike soltó una risa burlona–. Eso no va con nosotros.

–Estoy de acuerdo –dijo Brady–. Nuestros videojuegos van dirigidos a adolescentes y adultos.

–Ya, pero si fueran figuras coleccionables… –apuntó Sean, esbozando una sonrisa.

Brady y Mike se miraron y asintieron.

–Eso sería otra cosa –dijo Brady–. Si la gente pudiera comprar figuras coleccionables de nuestros personajes, eso aumentaría la popularidad de los juegos.

–Sí, podría funcionar –asintió Mike–. Haz los números, y cuando tengamos una idea más concreta de cómo sería el acuerdo de licencia, volvemos a hablarlo.

–De acuerdo –Sean se levantó y miró a Brady–. ¿Vas a ir a recoger a la señorita Donovan al aeropuerto?

–No –respondió Brady, levantándose también–. He mandado a uno de nuestros chóferes para que la recoja y la lleve a su hotel.

–¿Dónde la has alojado?, ¿en el Seaview? –preguntó Mike.

Era donde solían alojar a los clientes que les visitaban. Estaba a quince minutos a pie de sus oficinas, lo que lo hacía muy accesible para las reuniones que tuvieran que organizar. También era donde él vivía, en una de las suites del ático.

–Sí, me pasaré esta tarde para reunirme con ella, y mañana la traeré aquí para que le enseñemos las reformas que tenemos en mente.

–¡Ya estoy aquí, mamá! ¡Esto es precioso! –exclamó Aine por el móvil, mirando las azules aguas del Pacífico.

–Ah, ya… estupendo, hija –contestó su madre, Molly Donovan, al otro lado de la línea.

Aine, que estaba en el balcón de su habitación del hotel, contrajo el rostro al oír la voz soñolienta de su madre. Se le había olvidado por completo la diferencia horaria. Allí, en California, eran las cuatro de la tarde, y el sol brillaba en el despejado cielo. En Irlanda debía ser más de medianoche.

Tendría que estar agotada, pero curiosamente no lo estaba. Sería por la emoción del viaje, mezclada con los nervios que tenía por qué pensaría hacer Celtic Knot Games con su castillo. Bueno, no era suyo, pero se sentía muy ligada a él. ¿Qué podrían saber esos americanos de su historia, del legado que suponía para el pueblo, para sus gentes? Nada, absolutamente nada.

Estaba muy preocupada; ¿qué interés podía tener para una empresa de videojuegos el castillo Butler, una fortaleza con siglos de historia a las afueras de un minúsculo pueblo? Ni siquiera había sido nunca un importante atractivo turístico. En Irlanda había otros castillos mucho más visitados y mejor comunicados.

–Perdona, mamá, no me había acordado de que hay un montón de horas de diferencia con Irlanda.

Molly bostezó, y Aine oyó un ruido de fondo, como si su madre estuviese incorporándose en la cama.

–No pasa nada. Me alegra que hayas llamado. ¿Qué tal el vuelo?

–De maravilla –respondió ella con una amplia sonrisa. Nunca antes había viajado en un jet privado, y ahora que lo había hecho sabía que viajar en turista se le haría insoportable–. Por dentro el avión parecía más un elegante salón que un avión, con mesitas, sillones de cuero, y hasta flores en el cuarto de baño. Y la azafata me sirvió galletas recién horneadas con el café. Bueno, a lo mejor solo las calentó. Pero la comida estaba deliciosa, y me trajeron champán. Casi me dio pena tener que bajarme del avión cuando llegamos al aeropuerto.

Sí, le había dado pena, pero solo por lo relajada que había estado durante todo el vuelo, porque al bajar a tierra había recordado por qué estaba allí: para reunirse con uno de los dueños de la compañía que había comprado el castillo y podía arruinar su vida y la de tantos otros.

Claro que tampoco tenía sentido que hubiesen comprado el hotel solo para cerrarlo. Cierto que en los últimos dos años no había dado los beneficios esperados, pero ella tenía un montón de ideas que podían hacer que el negocio remontase. El anterior dueño no había querido escucharlas, y solo podía cruzar los dedos por que ese señor Finn con el que iba a hablar se mostrase más cercano y receptivo.

Aunque por el tratamiento que le estaba dando, parecía que quería descolocarla. Primero, en vez de dejar que viajara en turista, la había llevado en su jet privado. Luego, en vez de recogerla en el aeropuerto, había enviado a un chófer a buscarla. Y, para terminar, la había alojado en una suite más grande que todo el piso inferior de la cabaña en la que vivía con su madre y su hermano.

Era como si, con toda esa ostentación y ese comportamiento descortés con ella, quisiese dejarle claro que no estaban al mismo nivel, que sus socios y él eran quienes mandaban, y ella solo una empleada. Se preguntaba si toda la gente asquerosamente rica sería igual.

—¡Vaya!, ¡menudo lujo! —exclamó su madre—. ¿Y ya estás en el hotel?

—Sí, estoy en la terraza de mi habitación, que es enorme, y hay unas vistas increíbles del océano. Y hace sol y la temperatura es estupenda, no como allí, que no parece que sea primavera.

—¿Qué me vas a contar? Hoy ha llovido todo el día, y parte de la noche. Oye, y dentro de nada tienes la reunión con ese señor, ¿no?

—Sí —murmuró Aine, llevándose una mano al estómago, atenazado por los nervios—. Me dejó una nota en recepción diciéndome que estará aquí a las cinco.

Una nota…, pensó sacudiendo la cabeza. Después de no haberse molestado en ir a recogerla, ni haber tenido la deferencia de estar esperándola a su llegada al hotel, aquel pequeño detalle era otra manera de recalcarle que ahora estaba en su territorio, y que sería él quien tomase las decisiones. Tal vez tuviese las riendas porque era quien ponía el dinero, pero cuando menos haría que la escuchase.

–¿No irás a tirarte a la yugular de ese hombre nada más conocerlo, verdad? –le preguntó su madre–. ¿Intentarás tener un poco de paciencia?

La paciencia no era lo suyo. Su madre decía que siempre había sido así, que no le gustaba esperar, y que por eso había nacido dos semanas antes de que saliera de cuentas.

No, no le gustaba nada esperar, y en los últimos meses casi la había vuelto loca que el castillo hubiese sido vendido y que aparte de eso no supiese nada más. Quería respuestas. Necesitaba saber qué planeaban hacer con él los nuevos propietarios.

–Lo más que puedo prometer es que no diré nada hasta que haya escuchado lo que tenga que decir –respondió. Esperaba poder cumplir esa promesa.

Es que aquello era tan importante para ella, para su familia, para el pueblo que contaban con que los huéspedes del hotel comprasen en sus comercios y comiesen en sus pubs. Todos estaban muy preocupados.

Durante los tres últimos años, Aine había sido gerente del hotel, y aunque había tenido que pelear con el anterior propietario por cada reforma necesaria para su mantenimiento, consideraba que había hecho bien su trabajo.

Pero ahora no era solo una cuestión de ética profesional, ahora lo que estaba en juego era el futuro de su familia y de todo el pueblo. Si ese Brady Finn hubiese ido a Irlanda en vez de hacerla ir a ella allí, a California, no estaría tan nerviosa. Al menos habría sentido, aunque no fuese verdad, que tenía bajo control la situación. Tal y como estaban las cosas, tendría que mantenerse alerta y hacer ver a los nuevos dueños la importancia de la responsabilidad moral que conllevaba el que hubiesen comprado el castillo.

–Sé que harás lo mejor para todos nosotros –dijo su madre.

Era duro llevar sobre sus hombros la fe que habían depositado en ella todos aquellos a quienes conocía y quería. No podía fallarles.

–Pues claro que sí. Bueno, te dejo para que vuelvas a dormirte. Mañana te volveré a llamar –hizo una pausa, y añadió con una sonrisa–: a una hora menos intempestiva.

Aine decidió aprovechar para arreglarse un poco antes de que llegara su nuevo jefe. Se retocó el maquillaje y se peinó, pero como no tenía tiempo para deshacer la maleta no se cambió de ropa.

Sin embargo, cuando llegaron las cinco y el señor Finn seguía sin aparecer, empezó a irritarse. ¿Tan ocupado estaba, que no podía llamarla siquiera para decirle que había cambiado de planes? ¿O es que la consideraba tan insignificante que le daba igual llegar tarde?

En ese momento sonó el teléfono de la suite.

–¿Sí?

–Buenas tardes, señorita Donovan. La llamo de recepción. Ya ha llegado su chófer, y está esperándola para llevarla a las oficinas de Celtic Knot.

–¿Mi chófer?

–Al señor Finn le ha surgido un imprevisto y ha pedido que vengan a recogerla para que se reúna con él.

Aine echaba chispas.

–¿Señorita Donovan? –dijo el recepcionista.

–Sí, perdone. De acuerdo, bajaré enseguida –se apresuró a responder ella.

Aquel hombre no tenía la culpa de que su nuevo jefe tuviese la delicadeza de una apisonadora.

Colgó, fue a por su bolso y se detuvo un momento para mirarse en el espejo que había junto al armario. Aunque estaba presentable, salvo por el color encendido de sus mejillas, fruto de la indignación que sentía, vaciló, preguntándose si no debería cambiarse de ropa después de todo.

No, mejor no. Seguramente al señor Finn le traía sin cuidado haberla hecho esperar, pero sin duda no se lo tomaría demasiado bien si fuera ella quien lo hiciese esperar a él.

Además, al haber viajado en un jet privado no tenía la ropa tan arrugada como después de un vuelo de doce horas en turista. «Así que allá vamos», se dijo, «a conocer a ese hombre que espera que sus vasallos salten de la silla a una orden suya». Y aunque la reventase por dentro, se guardaría el genio en un bolsillo.

Capítulo Dos

–Necesitamos el nuevo guion gráfico para mañana como muy tarde –dijo Brady enfadado por teléfono. Su paciencia estaba empezando a agotarse–. No más excusas, Peter: o cumples con el plazo, o le damos el encargo a otra persona.

Los artistas solían ser difíciles de tratar, pero Peter Singer era incapaz de organizarse. Con la mejor de las intenciones les daba una fecha de entrega, pero como era tan desorganizado nunca conseguía cumplir con los plazos que él mismo se ponía.

Su talento estaba fuera de toda duda, era bueno haciendo los guiones gráficos que los programadores usaban después para establecer el desarrollo del argumento de cada videojuego. Sin esa «hoja de ruta» todo el proceso de creación iba a paso de tortuga. Le habían dado varias prórrogas a Peter, pero no iban a concederle ninguna más.

–Brady, puedo tenerlo acabado para finales de semana –le contestó Peter–. Estoy haciendo todo lo que puedo, pero para mañana es imposible; imposible. Te juro que no os arrepentiréis si me dais unos días más para...

–Mañana, Peter –lo cortó Brady con aspereza–. O los tenemos aquí mañana a las cinco, o te buscas otro trabajo.

–Al arte no se le pueden meter prisas.

–Te pagamos por el trabajo que haces –le recordó Brady–. Y has tenido tres meses contando con todas las prórrogas que nos has pedido, así que no vengas a quejarte ahora de que te metemos prisa. O nos entregas mañana el guion gráfico o no volveremos a contar contigo. La decisión es tuya –le advirtió.

Y, antes de verse envuelto en otra sarta de súplicas melodramáticas de Peter, colgó. Llevaba la mayor parte del día liado con asuntos de márketing, una parte de su trabajo que no le entusiasmaba, así que tal vez hubiese tenido menos paciencia con Peter de la que tenía normalmente, pero la cuestión era que Mike, Sean y él dirigían un negocio y tenían que ajustarse a unos plazos.

En ese momento nada le apetecía tanto como hacer un descanso y tomarse una bien merecida cerveza, pero aún tenía pendiente una reunión. En ese momento llamaron a la puerta de su despacho; debía de ser ella.

–Adelante.

La puerta se abrió, y en efecto, allí estaba Aine Donovan. Su cabello pelirrojo y sus ojos verdes le decían que tenía que ser ella, aunque ahí terminaba todo parecido con la fotografía de la carpeta. Había esperado encontrarse con la típica solterona con aspecto de bibliotecaria, y la sorpresa no podría haber sido mayor, pensó parpadeando sorprendido y mirándola de arriba abajo.

Iba vestida con un traje negro de chaqueta y pantalón y una blusa roja. La melena, abundante y de un tono rojizo oscuro, le caía por los hombros en suaves ondas.

Sus ojos verdes no se ocultaban tras unas gafas, como en la fotografía, sino que estaban hábilmente maquillados y brillaban.

Era alta, y lo bastante curvilínea como para que a

un hombre se le hiciese la boca agua al mirarla. Y, por el modo en que estaba mirándolo, sin apartar la vista, era evidente que tenía carácter. Nada más sexy que una mujer hermosa con confianza en sí misma, pensó, y un repentino deseo lo golpeó con una fuerza que jamás había experimentado.

Desconcertado, reprimió los pensamientos inapropiados que estaba teniendo y luchó por ignorarlos. Aine Donovan iba a trabajar para ellos, y acostarse con una empleada solo le acarrearía problemas. Y, sin embargo, el recordarse eso no solo no bastó para sofocar su deseo, sino que, cuando empezó a hablar, la musicalidad de su acento irlandés lo sedujo aún más.

−¿Brady Finn?

−Así es. ¿Señorita Donovan? −dijo él poniéndose de pie.

La joven entró, se detuvo frente a su mesa y le tendió la mano. Sus gráciles movimientos le hicieron pensar en sábanas de seda, la luz de la luna y el suave roce de piel contra piel. Maldijo para sus adentros y apretó los labios.

−Prefiero que me llamen Aine. Si podemos tutearnos, quiero decir.

−Claro. Los dos somos jóvenes y me siento un poco raro cuando la gente me llama señor Finn. Como no estaba seguro de cómo se pronunciaba… −le confesó él. Al decirlo ella había sonado como «Anya».

Ella esbozó una breve sonrisa.

−Es un nombre gaélico.

Cuando le estrechó la mano, Brady se sintió como si hubiese tocado un cable y le hubiese dado un chispazo. Aquella reacción fue tan inesperada que le soltó la

mano de inmediato y tuvo que reprimir el impulso de
frotarse la palma contra la pernera del pantalón.

—Lo imaginaba. Toma asiento, por favor.

Aine se sentó en una de las sillas frente a su escritorio y cruzó una pierna sobre la otra como sin prisa, de
un modo muy seductor, aunque sin duda inconsciente.

—¿Qué tal el vuelo? —le preguntó Brady de sopetón.

Tal vez hablando de algo banal consiguiera que su
mente dejase de atormentarlo con pensamientos inapropiados.

—Bien, gracias.

—¿Y el hotel? ¿Todo bien?

—Estupendamente —contestó ella de un modo cortante. Alzó la barbilla, y añadió—: Imagino que no me
habréis hecho venir hasta aquí para hablar de trivialida-
des, aunque teniendo en cuenta la falta de seriedad que
has demostrado hasta ahora, tampoco me extrañaría.

Brady parpadeó confundido.

—¿Perdón?

—Se suponía que ibas a venir a recogerme al aeropuerto, y en vez de eso has mandado a un chófer a recogerme. Y luego habíamos quedado en que nos reuni-
ríamos en el hotel, y has mandado de nuevo a vuestro
chófer para traerme aquí.

Brady se echó hacia atrás en su asiento, sorprendido
por el coraje de la joven. Pocos empleados se arriesga-
rían a enfadar a su nuevo jefe hablándole así, pero ella
había entrelazado las manos sobre el regazo, y parecía
muy tranquila.

Se quedó mirándola un buen rato antes de preguntarle:

—¿Ha habido algún problema con el chófer?

–Ninguno. Pero me pregunto por qué un hombre que hace a una empleada viajar miles de kilómetros no es capaz de ir a su hotel, que está a solo unos metros de aquí, para reunirse con ella.

Al ver la fotografía de Aine en la carpeta Brady la considerado eficiente, fría y flemática, pero ahora que la tenía delante, en carne y hueso, veía fuego en sus ojos y el aire casi vibraba a su alrededor.

Le gustaba… y mucho. Ya no solo despertaba deseo en él, sino también respeto, y eso significaba que, al contrario de lo que había pensado en un principio, sí que podía acabar convirtiéndose en un problema.

Aine maldijo para sus adentros. ¿No se había propuesto controlar su temperamento? ¿Y en vez de eso, qué había hecho nada más conocer a su nuevo jefe? Insultarle. La tensión podía mascarse en el aire, y ahora tendría que encontrar la manera de arreglarlo.

El problema era, se dijo mirándolo a los ojos, que no había esperado que fuera… tan endiabladamente atractivo. Durante el corto trayecto en coche hasta allí se había dicho que tenía que mostrar confianza en sí misma, pero cuando había entrado en el despacho el estómago se le había llenado de mariposas nada más verlo.

Un mechón de cabello negro le caía sobre la frente, y Aine sintió un impulso, casi irresistible, de alargar la mano para peinarle el pelo con los dedos. Tenía la mandíbula recia, los ojos de un azul profundo, y la barba de dos días le daba el aspecto de un pirata, de un salteador de caminos, o del misterioso protagonista de una de las novelas románticas que tanto le gustaba leer. Había algo salvaje en él que la atraía de tal modo que casi se había sentido aliviada cuando le había soltado la mano. Lo único que tenía de ejecutivo era la ropa que llevaba: una camisa de un blanco inmaculado, pantalones grises y unos zapatos relucientes.

Y no solo Brady Finn había resultado distinto de como lo había imaginado, sino también las oficinas de Celtic Knot. Había pensado que sería uno de esos fríos y modernos edificios de cristal y acero, y la había sorprendido encontrarse con aquella acogedora casa victoriana que, aunque reformada por dentro, mantenía su encanto. Eso le dio algo de esperanza. Si habían sido capaces de modernizar aquel antiguo edificio sin quitarle su esencia, tal vez podrían hacer lo mismo con el castillo Butler.

Aferrándose a ese pensamiento, se irguió en su asiento, se tragó su orgullo y se obligó a decir:

–Te pido disculpas por este comienzo tan poco afortunado.

Él enarcó las cejas pero se quedó callado, así que Aine continuó antes de que pudiera abrir la boca para decirle que estaba despedida.

–Es el *jet lag*, que me pone de mal humor –murmuró.

Aunque no estaba cansada en absoluto, era la excusa más plausible.

–Lo entiendo –respondió él, aunque por su tono era evidente que no se lo creía–. Y yo te pido disculpas por no haber ido a recogerte en persona. Tenemos mucho jaleo: esta semana sacamos un videojuego nuevo y estamos trabajando en el próximo, que saldrá en diciembre.

«Videojuegos…», pensó ella, conteniéndose para no poner los ojos en blanco. Su hermano pequeño, Robbie, era un forofo de los videojuegos de Celtic Knot, historias basadas en antiguas leyendas de Irlanda en las que el jugador podía imaginarse que estaba en la época de los celtas, luchando contra bestias míticas.

–Hoy no tengo tiempo para que hablemos en detalle de los planes que tenemos para el castillo –le dijo Brady–, pero quería que nos reuniéramos para hacerte saber que tenemos en mente algunos cambios.

Aine se sintió como si le hubieran echado un jarro de agua fría por encima, y de inmediato se puso a la defensiva.

–¿Cambios?

–Es inevitable –le dijo Brady, apoyando los brazos en la mesa para inclinarse hacia delante–. El hotel lleva dos años perdiendo dinero.

Aine se encrespó al oírle decir aquello, y se estremeció de ansiedad. ¿Estaba diciendo que era culpa suya? ¿La había hecho ir hasta allí solo para despedirla?

–Si crees que mi gestión fue deficiente…

–En absoluto –la interrumpió él, levantando una mano para que lo dejara hablar–. He repasado las cuentas, como han hecho mis socios, y los tres estamos de acuerdo en que si el hotel no se ha hundido ha sido gracias a tu gestión.

Aine suspiró aliviada, pero el alivio no le duró mucho.

–Aun así –continuó Brady–, vamos a hacer algunos cambios sustanciales tanto en el castillo como en la gestión.

Un escalofrío le recorrió la espalda a Aine.

–¿Qué clase de cambios?

–Ya lo hablaremos con más calma mañana –contestó él levantándose.

«¿Mañana?». Si tenía que esperar hasta el día siguiente, no pegaría ojo en toda la noche.

Con la boca seca, se levantó también. Los ojos azules de Brady estaban fijos en ella. Su mirada destilaba poder, la clase de poder que tenía un hombre rico con confianza en sí mismo y certeza en sus convicciones. La clase de hombre contra el que no sería fácil luchar.

–Imagino que tendrás hambre –dijo Brady.

–Un poco –admitió ella.

–Pues entonces nos iremos a cenar y charlaremos –Brady tomó la chaqueta gris que colgaba del respaldo de su sillón y se la puso.

–¿Charlar? ¿De qué? –inquirió Aine mientras él rodeaba la mesa y se detenía junto a ella.

Brady la tomó del brazo y la condujo hacia la puerta.

–Pues de ti y del castillo.

Aine no tenía el menor interés en hablar de ella, pero quizá, pensó, podría hacerle ver lo que significaba el castillo para todos los que trabajaban allí, y también para la gente del pueblo.

–De acuerdo –respondió, pero luego vaciló al recordar que ni siquiera se había cambiado de ropa al llegar al hotel–. Aunque… no estoy vestida para eso.

–Estás muy bien –le aseguró él.

–Si fuera posible, me gustaría que pasáramos antes por mi hotel, para poder cambiarme –dijo, como si no lo hubiera oído.

Él se encogió de hombros y asintió.

–Claro.

***

Aunque había tenido que esperar casi veinte minutos en el vestíbulo del hotel a que bajara Aine, había merecido la pena, pensó Brady mirándola. Ya estaban en el restaurante, sentados el uno frente al otro. Aine se había puesto un vestido negro con tirantes anchos y cuello cuadrado que insinuaba la parte superior de sus senos. La luz de las velas hacía brillar su piel de porcelana, y arrancaba destellos de su cabello rojizo.

Estaba ardiendo por dentro, y el verla sonreír y tomar pequeños sorbos de su copa de vino no hacía sino avivar aún más ese fuego. Era la tentación personificada, una tentación a la que tendría que resistirse aunque no quisiera.

–Este sitio es increíble –comentó ella, dejando la copa en la mesa y mirando a su alrededor.

–Sí, increíble… –murmuró Brady.

Solo que él no se refería al restaurante, y cuando vio a Aine fruncir ligeramente el ceño, tuvo la sensación de que ella se había dado cuenta. Sí, probablemente haber elegido aquel restaurante tan chic había sido un error.

Debería haberla llevado a tomar una hamburguesa en un sitio barato y lleno de gente. Aquel lugar era demasiado íntimo. La única forma de mantener a raya el deseo que le despertaba era conducir la conversación al tema del que debían hablar, trabajo, y no salirse de ahí.

–Háblame del castillo. En tu opinión, ¿qué cosas habría que hacer?

Ella inspiró, tomó otro sorbo de vino y volvió a dejar la copa en la mesa antes de hablar.

–Es verdad que necesita algunas reformas. Por ejemplo habría que modernizar los cuartos de baño, habría que pintar, por supuesto, y... bueno, los muebles están ya algo viejos. Pero el edificio en sí es tan sólido como cuando fue construido, en 1430.

Hacía casi seiscientos años. A Brady, que no tenía padres, ni hermanos, ni un árbol genealógico que se remontase generaciones atrás, se le hacía muy raro pensar que un edificio pudiese tener seis siglos de antigüedad. En cambio, siendo como era alguien sin raíces y que había tenido que arreglárselas solo, los cambios eran algo completamente natural para él.

–Haremos todo eso, por supuesto –dijo–, y mucho más.

–Eso es lo que me preocupa –admitió ella–, ese «más». Sé que has dicho que entraríamos en detalles mañana, pero... ¿no podrías decirme al menos algunas de las cosas que tenéis en mente?

–Bueno, ya sabes que nuestra compañía, Celtic Knot, quiere entrar en el negocio de la hostelería.

Aine asintió y esperó a que continuara.

–Empezaremos con el castillo Butler, pero vamos a comprar también otros tres hoteles y a reinventarlos.

–«Reinventar» suena mucho más ambicioso que unos simples cambios –apuntó ella en un tono claramente suspicaz.

–Lo es. Vamos a convertirlos en réplicas de los castillos de nuestros tres juegos más vendidos. El primero, el castillo Butler, se convertirá en Fate Castle.

–¿Fate Castle?

–Sí, es el título del primer videojuego que lanzamos y que nos catapultó al éxito.

–No, si lo conozco –dijo ella en un tono quedo.

Él enarcó las cejas.

–¿Has jugado? –inquirió, sin poder disimular su sorpresa–. ¡Y yo aquí pensando que no eras el tipo de chica a la que le van los videojuegos!

–En realidad, no lo soy –los dedos de Aine subían y bajaban por el tallo de la copa–, pero mi hermano pequeño, Robbie, sí que juega. Le vuelven loco vuestros videojuegos.

–Un gusto excelente.

–No sé qué decir –respondió ella con indiferencia–. No me atrae la idea de perseguir zombis y espectros.

–No deberías criticarlo hasta que lo hayas probado. Si lo hubieras hecho no hablarías de él de ese modo –se limitó a contestar él. Sabía lo adictivos que eran sus juegos–. Nuestros videojuegos no van solo de correr o disparar. Hay complejos enigmas que resolver, tienes que tomar decisiones, y enfrentarte a las consecuencias de las elecciones que hagas. Son juegos sofisticados, con los que queremos hacer pensar al jugador.

Ella esbozó una breve sonrisa.

–Pues oyendo a Robbie gritarle a la pantalla y maldecir, nunca hubiera imaginado que estaba poniendo a prueba su inteligencia.

Brady sonrió también.

–Bueno, hasta los más listos se enfadan cuando no consiguen pasarse una fase a la primera.

Los interrumpió el camarero, que traía lo que habían pedido.

Brady miró a Aine, que estaba probando sus ravioli rellenos de cangrejo con salsa Alfredo.

–¿Qué tal? ¿Está bueno?

–Delicioso –respondió ella–. ¿Sueles traer a tus empleados a restaurantes tan caros como este?

–No –admitió.

La verdad era que ni él mismo podía explicarse por qué la había llevado allí. Podría haberla llevado a cualquier otro sitio, incluso podrían haber comido en el restaurante de su hotel, pero en vez de eso la había llevado a La Bella Vita y parecía una cita cuando no lo era. Mejor volver al tema del trabajo.

–No, no suelo hacerlo, pero este es un sitio tranquilo y… bueno, pensé que así podríamos hablar sin que nos molestaran.

–Del castillo –puntualizó ella.

–Sí, y de cuál será tu papel para ayudarnos a hacer posible lo que nos proponemos.

–¿Mi papel? –repitió Aine sorprendida.

Brady tomó un bocado de su lasaña de verduras, y respondió:

–Estarás a pie de obra, supervisando a los trabajadores, y te asegurarás de que se ajusten a los plazos y al presupuesto previstos.

–¿Yo?

–Serás mi informadora –le dijo Brady–. Si hay algún problema me lo dices, yo hago un par de llamadas para hablar con los responsables y tú te aseguras de que lo resuelvan como es debido.

–Ya –murmuró ella, moviendo el tenedor por el plato.

–¿Algún problema?

–No –respondió Aine–. ¿Y ya habéis pensado a quién le vais a encargar las reformas?

–Tenemos al mejor contratista de California. Llevará a equipos de su más absoluta confianza.

Aine frunció el ceño.

–Si contratarais a trabajadores irlandeses sería más fácil… y más rápido.

–No nos gusta trabajar con gente a la que no conocemos.

–Pues a mí no me conocéis de nada… y vais a mantenerme en mi puesto.

–Cierto –asintió él–. Está bien, lo pensaré.

–Bien. Pero aún no me has contado de qué clase de cambios estamos hablando –insistió ella, mirándolo a los ojos.

–No me refiero a cambios estructurales –le aclaró él–. Nos gusta cómo es el castillo por fuera; por eso lo compramos. Pero haremos muchos cambios en el interior.

Aine suspiró, dejó el tenedor en el plato y le confesó:

–Para serte sincera, eso es lo que me preocupa.

–¿En qué sentido?

–No sé, ¿veré zombis por los pasillos? –le preguntó ella–. ¿O falsas telas de araña colgando de los muros de piedra?

Parecía tan preocupada por esa posibilidad, que Brady no pudo evitar sonreír.

–Resulta tentador, pero no. Como te he dicho, ya entraremos mañana en los detalles, pero por ahora puedo adelantarte que te gustará lo que tenemos pensado.

Aine entrelazó las manos sobre la mesa y se quedó mirándolo.

–Llevo trabajando en el castillo Butler desde que tenía dieciséis años. Empecé en las cocinas, y de ahí fui subiendo poco a poco. Estuve un tiempo limpiando las habitaciones, trabajé en recepción… hasta que finalmente conseguí que me dieran el puesto de gerente del hotel –le explicó–. Conozco cada tabla del suelo que cruje, cada grieta en los muros por donde se filtra alguna corriente, cada pared que necesita una mano de pintura, y cada arbusto de los jardines que hay que recortar –hizo una pausa para tomar aire, y continuó hablando, sin darle ocasión de decir nada–. Todos los que trabajan en el castillo son amigos para mí, o son parientes míos. El pueblo depende del hotel para subsistir, y las preocupaciones de sus habitantes son mías también. Así que, cuando hables de «reinventar» el castillo –concluyó en un tono quedo–, tienes que saber que, para mí, no se trata de ningún juego.

No, eso era evidente, pensó Brady. La obstinación que veía en los ojos verdes de Aine presagiaba un buen número de batallas interesantes entre ellos, ¡y vaya si no estaba ansioso por librarlas!

Capítulo Tres

Al día siguiente Aine estaba segura de que había metido la pata hasta el fondo en la cena con Brady. De nuevo se había propuesto controlar su temperamento y sus palabras, pero había arrojado por la borda sus buenas intenciones en cuanto él había mencionado lo de los cambios «sustanciales».

Tomó un sorbo del té que había pedido al servicio de habitaciones y observó pensativa el océano desde su balcón. El té estaba malísimo. ¿Por qué los americanos eran incapaces de hacer un té decente?, se preguntó con una mueca de desagrado.

La vista, en cambio, era espectacular, y deseó con un suspiro que pudiera ayudarla a borrar de su mente los errores que había cometido la noche anterior. «¿Qué más da?», se dijo. «Hoy lo haré mejor». Iba a conocer a los socios de Brady, y se comportaría de un modo profesional.

Sin embargo, dos horas después su firme intención de mostrarse digna y calmada empezó a tambalearse.

—No lo diréis en serio.

Había permanecido callada durante casi toda la reunión con Brady y sus otros dos socios de Celtic Knot Games. Los había escuchado mientras lanzaban ideas, como si se hubiesen olvidado por completo de que estaba allí. Y se había mordido la lengua una y otra vez, pero había llegado un momento en que ya no podía seguir callada. Miró a Sean Ryan, que parecía el más razonable.

–Estáis hablando de convertir una parte de la historia de Irlanda en algo que sería una auténtica burla –dijo con franqueza.

Antes de que Sean pudiera hablar, intervino su hermano.

–Mira, Aine, comprendemos que te sientas algo protectora con respecto al castillo, pero…

–No es solo por eso –lo interrumpió ella, mirándolos a los tres–. Se trata de un lugar histórico, con siglos de antigüedad, impregnado de tradición.

–Solo es un edificio –repuso Brady–. Y tú misma has convenido en que se han desatendido durante mucho tiempo tareas de mantenimiento importantes.

–Sí, en eso estamos de acuerdo –se apresuró a decir ella–. Y me alegra que vayáis a llevar a cabo todas las reformas que necesita. En cuanto a los cambios… bueno, yo tengo algunas ideas que podrían hacer más atractiva la estancia para nuestros clientes, pero serían cambios que mantendrían intacta el alma del castillo.

–¿Crees que tiene alma? –preguntó Brady en un tono divertido.

Ella lo miró casi ofendida.

–Lleva en pie desde 1430 –le recordó–. La gente nace y muere, pero el castillo permanece. Ha resistido al ataque de los invasores en el pasado, y también a la negligencia y a la indiferencia de su anterior propietario. Ha dado cobijo entre sus muros a reyes y a plebeyos. ¿Por qué no habría de tener alma?

–Esa forma de pensar es muy… irlandesa –contestó Brady.

A Aine no le gustó la sonrisa paternalista con que acompañó esas palabras.

–Bueno, tú también eres irlandés; deberías estar de acuerdo.

Las facciones de Brady se tensaron. Aunque no sabía por qué, era evidente que para él aquel era un tema espinoso.

–No lo soy; de irlandés solo tengo el apellido –respondió Brady con cierta aspereza.

Aine apretó la mandíbula.

–Y yo he viajado miles de kilómetros para venir hasta aquí. Si no os interesan mis opiniones, puedo daros cualquier información que necesitéis sobre el castillo, aunque tampoco os haría falta si os hubieseis molestado en ir a verlo en persona.

Un silencio incómodo se apoderó de la sala de reuniones antes de que Brady volviera a hablar.

–Aunque admiro que tengas las agallas de decir lo que piensas, no sé si te has parado a pensar que no es muy acertado que le toques las narices a tus nuevos jefes.

–Está bien –se obligó a decir ella–. Me disculpo por haber estallado; no era mi intención molestaros. Me había propuesto contener mi temperamento y no lo he hecho –le explicó a Brady y sus socios, que estaban mirándola como si fuese una bomba de relojería–. Pero no voy a disculparme por haber dicho lo que pienso de los planes que tenéis para el castillo –fijó sus ojos en Brady–. Estaba nerviosa por esta reunión. Para mí es importante que la gente que trabaja conmigo en el castillo no pierda su puesto. Y yo también quiero que el castillo vuelva a tener su antiguo esplendor, pero... bueno, confío en que no me habréis hecho venir hasta aquí solo para que asienta a vuestras decisiones. ¿Es eso lo que esperáis de mí como gerente de vuestro hotel?, ¿que me quede callada a un lado y que haga todo lo que me digáis?

Brady ladeó la cabeza y la escrutó un momento antes de responder:

—Por supuesto que no. Queremos conocer tus opiniones. Así que adelante.

Aine resopló por la nariz.

—Pues ya que has abierto esa puerta, espero que no os arrepintáis.

—Mira, yo particularmente admiro la sinceridad —puntualizó Brady—. No tengo por qué estar de acuerdo con lo que digas, pero sí que quiero saber lo que piensas de nuestros planes.

Ella se relajó un poco y miró a los hermanos Ryan.

—Para empezar —les dijo—, es difícil formarse una opinión cuando solo me habéis descrito de un modo un tanto impreciso lo que queréis hacer.

—Creo que eso se puede solucionar —dijo Mike—. Tenemos unos dibujos que te darán una idea mejor de lo que tenemos en mente.

Brady asintió.

—Sí, una de las artistas con las que trabajamos, Jenny Marshall, ha preparado unos bocetos que te ayudarán a visualizar los cambios que tenemos pensados.

—¿Jenny Marshall? —dijo Mike, girándose para mirar a su hermano Sean—. ¿Al final le diste el encargo a Jenny?

Aquello provocó una discusión entre los dos. Aine se echó hacia atrás en su asiento y sacudió la cabeza. Brady no decía nada, y tenía la sensación de que estaba conteniéndose, como si prefiriera quedarse fuera de la discusión, observando a una distancia prudente en vez de meterse en la «refriega». ¿Sería que no le importaba que Sean Ryan le hubiese dado el encargo a esa artista? ¿O se mantendría siempre al margen?

–Te digo que Jenny es buena –le estaba insistiendo Sean a su hermano, encogiéndose de hombros–. Ni siquiera has mirado los bocetos preliminares que nos mandó escaneados por correo electrónico. Los bocetos que se suponía que Peter debería haber terminado hace cinco meses.

–¿Por qué iba a mirarlos? Me gustaba el trabajo de Peter –le recordó Mike.

–¿Que por qué? No sé, ¿tal vez para que veas que es buena? –le espetó Sean.

Mike lo miró con el ceño fruncido.

–¿Por qué está empeñado en que contemos con ella?

–Te lo acaba de decir –respondió una voz al tiempo que se abría la puerta.

Una rubia delicada y femenina con el pelo corto y rizado entró en la sala de juntas y se detuvo. Miró a Mike con los ojos entornados antes de sonreír a Sean. Luego fue hasta este y le tendió un gran portafolios negro.

–Perdona que me haya llevado un poco más de lo que pensaba, pero es que quería retocar algunos detalles esta mañana antes de traerte los bocetos acabados.

–No hay problema, Jenny, gracias.

A Aine no le pasó desapercibido el coqueteo entre

ambos, pero le dio la impresión de que Mike y Brady, como todos los hombres, no se daban cuenta de nada.

Jenny se despidió y, mientras Brady y Sean miraban los bocetos del portafolios, sonrió desafiante a Mike antes de salir y cerrar la puerta tras de sí. Era evidente que Jenny Marshall no tenía miedo a darse a valer y, aunque no la conocía, Aine sintió de inmediato afinidad con ella.

–¿De qué va esto, Sean? –increpó Mike a su hermano–. Podrías haberme dicho que iba a venir.

–¿Para qué?, ¿para tener otra discusión? –Sean sacudió la cabeza y empujó el portafolios hacia él–. Pensé que así sería más fácil. Anda, no te hagas más de rogar y mira los bocetos, ¿quieres?

Aine se levantó y se puso detrás de Mike para verlos también. Sean tenía razón: era una artista increíble. Reconoció en los dibujos el castillo Butler, por supuesto, aunque las imágenes eran muy distintas al lugar que había dejado hacía solo un par de días.

–Está bien, sí, son buenos –admitió Mike al cabo de un rato.

–¡Vaya, menuda concesión!

–Cállate –le espetó su hermano–. Aun así sigo sin estar de acuerdo con que haga el trabajo de Peter.

–Pues yo sí lo estoy –intervino Brady–. No he visto a Peter hacer nada parecido a esto desde… bueno, nunca –dijo señalando uno de los bocetos.

–¡Sí, señor! –exclamó Sean, dándole a Brady una palmada en la espalda. Miró a su hermano con una expresión de «te lo dije», y añadió–: Si ponemos a Jenny al frente del departamento artístico estoy seguro de que conseguiremos recuperar el tiempo perdido y llegar a la fecha de lanzamiento.

–No sé, Sean… –murmuró Mike obstinadamente, sacudiendo la cabeza.

–¿Qué más hace falta para que te convenzas? –dijo su hermano.

–¿Qué tal si continuáis con la discusión en otro sitio? –les sugirió Brady–. Ya terminaré yo de hablar con Aine sobre los cambios que queremos hacer en el castillo.

Los dos hermanos miraron a Aine como si se hubiesen olvidado por completo de ella.

–Buena idea –dijo Sean–. Un placer conocerte, Aine.

–Sí, supongo que volveremos a vernos pronto –dijo Mike–. Hasta luego.

Cuando Brady y ella se hubieron quedado a solas, Aine tomó uno de los bocetos del portafolios.

Representaba el Gran Salón del castillo, que solían alquilar para banquetes de boda y comidas y cenas de empresa. Pero aquello… La artista había dibujado pendones medievales y tapices colgando de las paredes. En el boceto también había antorchas, candelabros y varias mesas largas a las que podían sentarse por lo menos cincuenta comensales.

–¿Qué te parece? –le preguntó Brady.

La verdad era que no sabía qué decir. Pensaba que le espantaría lo que tenían planeado, pero la interpretación que había hecho la artista en aquel dibujo la tenía impresionada.

–Esto es… –alzó la vista hacia Brady–. Es precioso –murmuró. Los ojos azules de él brillaron de satisfacción–. Esa chica… Jenny, tiene mucho talento. Es increíble; es justo el aspecto que me imagino que debía tener el gran salón en el pasado cuando *lord* Butler y su esposa celebraban allí fastuosos banquetes.

–¡Vaya! Eso es todo un cumplido viniendo de alguien que se temía ver zombis y telas de araña por todo el castillo.

–Cierto, y sé reconocerlo cuando me equivoco –respondió ella–. Aunque también es verdad que aún no lo he visto todo.

–O sea que no vas a deshacerte en elogios hasta que no estés segura al cien por cien.

–Es lo más sensato, ¿no?

–Supongo que sí. De acuerdo, deja que te enseñe unos cuantos bocetos más –dijo él, sacando otros dibujos del portafolios.

Durante más de una hora estuvieron mirando juntos los bocetos y hablando de los planes que los hermanos Ryan y él tenían para el castillo. Algunas ideas le parecían maravillosas y otras… no tanto.

–¿Televisores con videojuegos en todas las habitaciones? –Aine sacudió la cabeza–. No me parece que eso pegue en un castillo.

Brady, que acababa de terminar con las patatas fritas que quedaban en su plato, se echó hacia atrás en su asiento y alcanzó su vaso de Coca-Cola para tomar un trago. Había pedido que les subieran el almuerzo a la sala de reuniones.

Aine, sin embargo, apenas había tocado su sándwich.

–Hasta en la Edad Media la gente se entretenía con juegos –apuntó él.

–Sí, pero no con televisores de pantalla plana gigantescos con juegos integrados.

Brady sacudió la cabeza.

–Si hubiesen tenido la tecnología necesaria, sí lo habrían hecho. Además, los televisores estarán camuflados dentro de armarios de madera para que no desentonen con el resto del mobiliario y la decoración.

–Bueno, algo es algo –murmuró Aine, aunque sabía que estaba siendo una cabezota–. Pero en la planta baja queréis decorar las paredes del salón del banquete con imágenes de vuestro juego, ¿no?

–Esa es la idea. Queremos recrear Fate Castle.

–O sea que los zombis y los espectros también tendrán su sitio.

–Sí.

Aine apretó los dientes.

–¿Y no te parece que nuestros clientes perderán el apetito si están rodeados de murales de espíritus de los muertos mirándolos mientras comen?

Brady frunció el ceño y tamborileó con los dedos en la mesa.

–Bueno, podríamos ponerlos en el vestíbulo.

Aquella idea horrorizó a Aine aún más.

–¿Y qué pasa con los clientes que no vienen porque les gustan vuestros juegos? –le preguntó–. Tenemos clientes asiduos que vuelven año tras año y que están acostumbrados a un castillo cargado de dignidad y tradición.

–No haces más que decir eso de la tradición, pero, a pesar de toda esa dignidad que mencionas, el castillo necesita reparaciones urgentes, y el hotel está al borde de la quiebra.

Aine quería replicar, pero era imposible rebatir aquella triste realidad. El castillo que tanto amaba estaba en serios aprietos y, le gustase o no, Brady Finn y sus socios eran los únicos que podían salvarlo.

–Es verdad, pero no sé si convertirlo en un parque de atracciones es la solución.

–No vamos a convertirlo en un parque de atracciones. No va a haber montañas rusas, ni una noria, ni un carrito de algodón de azúcar.

–Pues gracias a Dios –murmuró ella.

–Será un hotel temático –le aclaró Brady–. Gente de todo el mundo querrá venir a Fate Castle y experimentar en la vida real el entorno donde se desarrolla el juego.

–O sea, admiradores.

–Lógicamente. Pero no solo vendrán seguidores de nuestros videojuegos. También vendrá gente que quiera una auténtica experiencia «medieval».

–¿Auténtica? –repitió ella, tomando un dibujo de un espectro–. Llevo años trabajando en el castillo, y nunca he visto nada parecido a esto merodeando por allí –dijo, señalando a la criatura de cabellos grises, agitados por un viento invisible.

–Bueno, echándole un poco de imaginación –se corrigió él, esbozando una breve sonrisilla.

Esa sonrisa hizo que el estómago se le llenara de mariposas a Aine, que tuvo que hacer un esfuerzo por concentrarse en la conversación.

–¿Y crees que hay seguidores suficientes como para que remonte el negocio?

Brady se encogió de hombros.

–Solo de Fate Castle vendimos cien millones de copias.

Aine se quedó boquiabierta.

–¿Tantas?

–Y sigue vendiéndose bien –le aseguró él.

Aine suspiró, miró el resto de los dibujos esparcidos por la mesa y los comparó con el castillo que conocía como la palma de su mano. Sería tan distinto con todos esos cambios que querían hacer… «Pero sobrevivirá», susurró una vocecilla en su mente. Si aquello funcionase, como decía Brady, no sería el fin del castillo y la gente del pueblo podría seguir con sus negocios. Eso era lo que importaba.

–Bueno, supongo que tienes razón, que si todos esos seguidores viniesen podríamos remontar –concedió–. Pero es que me preocupan gente como la señora Deery y su hermana, la señorita Baker.

Brady frunció el ceño.

–¿Quiénes?

Aine suspiró y se remetió un mechón por detrás de la oreja.

–Dos de nuestras clientas habituales. Son dos hermanas de unos ochenta y tantos. Llevan viniendo al hotel cada año desde hace veinte años. Como viven lejos la una de la otra, se reúnen allí durante una semana para contarse cómo les va, y dejarse mimar por el personal del hotel.

–No veo por qué tendrían que dejar de ir –dijo Brady.

Aine enarcó una ceja.

–Estoy segura de que seguirán viniendo, pero me pregunto qué pensarán de los espectros y los zombis…

–No solo vamos a recrear Fate Castle –le recordó Brady–. Como te he dicho, también vamos a darle un lavado de cara a todo el castillo. Haremos que sea más seguro para evitar accidentes. Por el informe que hemos recibido, parece que la instalación eléctrica está bastante mal, y que casi es un milagro que no se haya producido un incendio.

–No es verdad; tampoco está tan mal –replicó ella, saliendo en defensa de su amado castillo.

–Pues no opina lo mismo el inspector técnico que contratamos para que revisara las instalaciones –comentó Brady–. Y por lo que escribió en su informe que hay que cambiar las tuberías, acometer un aislamiento térmico adecuado…

Aine sabía que era verdad que el edificio necesitaba desesperadamente todas esas reformas. En el invierno uno podía sentir el viento colándose entre las piedras de los muros, y hasta agitaba ligeramente las cortinas de las ventanas.

–Por supuesto modernizaremos las cocinas, instalando calderas que funcionen, y reemplazaremos los elementos de madera del castillo que estén estropeados por la humedad: vigas, puertas, pasamanos…

Lo estaba poniendo como si su querido castillo estuviese a punto de venirse abajo.

–Bueno, lógicamente cuando hay tormentas…

Brady levantó una mano para interrumpirla.

–No hace falta que defiendas cada cortina y cada piedra del castillo, Aine. Entiendo que es un edificio viejo y…

–Antiguo –lo corrigió ella–; es un edificio histórico.

–Lo sé. Pero necesita todas esas reformas y las vamos a hacer.

–Y cambiaréis el alma del castillo –murmuró ella con tristeza.

–Eres obstinada –dijo Brady–. Y lo entiendo, porque yo también lo soy, pero la diferencia está en que seré yo quien tome las decisiones, Aine. Así que me temo que, o bien colaboras, o…

No hizo falta que terminara la frase. El mensaje estaba muy claro: si no hacía lo que se esperaba de ella, la despedirían. Y como no estaba dispuesta a abandonar a su suerte al castillo Butler y a todos los que trabajaban allí, no le quedaba más remedio que morderse la lengua y escoger con cuidado qué batallas le convenía librar y cuáles no.

Asintió con la cabeza y le dijo:

–De acuerdo, si tan empeñados estáis en esos espantosos murales… ¿por qué no los ponéis en el gran salón en vez del salón del banquete? Has dicho que es donde se reunirán los jugadores de rol, ¿no? ¿No serían ellos los que apreciarían esa clase de… arte?

La sonrisilla divertida volvió a asomar a los labios de Brady, y Aine sintió que la invadía una ola de calor. El mero hecho de estar en la misma habitación que él hacía que un cosquilleo le recorriese la piel.

–Tú misma has admitido que los dibujos de Jenny son buenos –apuntó Brady.

–Y es verdad. Para un videojuego son fantásticos, pero… ¿para decorar un hotel?

–Son perfectos para el tipo de hotel que nosotros queremos –respondió él con firmeza–. Aunque creo que tienes razón en que ni el salón del banquete ni el vestíbulo serían el mejor sitio, de modo que… de acuerdo, los murales irán en el gran salón.

–¿Así de fácil?

–Sé dar mi brazo a torcer cuando la situación lo requiere –contestó Brady.

Ella asintió, y se apuntó un tanto. Por supuesto que Brady era quien llevaba la voz cantante, pero el haber conseguido que cediera en aquello le dio esperanzas. No era inflexible, y eso ya era algo.

–Sin embargo –añadió él para que no se hiciera demasiadas ilusiones–, haré las cosas a mi manera.

Estaba poniéndola sobre aviso, y a la vez desafiándola. Con razón aquel hombre la tenía fascinada…

En ese momento llamaron a la puerta y una chica asomó la cabeza.

–Perdona que te moleste, Brady, pero Peter está al teléfono e insiste en hablar contigo.

–No pasa nada, Sandy. Pásame la llamada –cuando la chica cerró la puerta, Brady miró a Aine–: Perdona, tengo que contestar esta llamada.

–¿Quieres que me vaya? –inquirió ella, haciendo ademán de levantarse.

–No, no –replicó él, indicándole con la mano que volviera a sentarse–. No tardaré. Además, aún no hemos acabado.

Aine lo observó mientras descolgaba el teléfono. Sus facciones se habían endurecido, y sintió lástima por el tal Peter, fuera quien fuera.

–Peter, no tengo ningún interés en oír ni una sola más de tus excusas –le dijo en un tono cortante.

Aine pudo oír palabras sueltas de la respuesta que balbució Peter: «tiempo», «arte», «paciencia».

–He sido más que paciente contigo, Peter. Los tres lo hemos sido –lo interrumpió Brady–. Se acabó. Ya te advertí de lo que pasaría si no cumplías con el plazo de entrega.

Peter volvió a balbucir apresuradamente al otro lado

de la línea, y el tono de su voz fue subiendo. Brady frunció el ceño.

–Haré que Sandy te envíe un cheque para pagarte lo que te debemos –le dijo con aspereza.

Peter se quedó callado, como aturdido, y Aine casi pudo sentir el pánico que debía estar invadiéndolo.

–Hazte un favor y no te olvides del contrato de confidencialidad que firmaste con nosotros, Peter –le dijo Brady–. Todos los dibujos que has terminado nos pertenecen, y si los filtras a la competencia… –las comisuras de sus labios se arquearon en una sonrisa tensa, y Aine vio un destello de satisfacción en sus ojos–. Bien. Me alegra oír eso. Tienes talento, si te centras conseguirás tener una carrera sólida, aunque no sea con nosotros.

Aine se estremeció. Brady lo había despachado sin vacilar. ¿Le sería igual de fácil deshacerse de ella si le daba motivos? Aquello le dio que pensar, y volvió a proponerse firmemente que controlaría su lengua y su temperamento.

–Perdona la interrupción –le dijo Brady después de colgar–. Es un artista con más excusas que promesas cumplidas: Le dimos más de una oportunidad de enmendarse, pero no lo hizo.

–Y por eso ya no vais a contar más con él.

–Exacto –asintió Brady mirándola a los ojos–. La paciencia tiene un límite, y cuando diriges un negocio, tienes que ser capaz de tomar decisiones difíciles.

Sin embargo, pensó Aine, a ella no le parecía que le hubiese resultado difícil despachar a Peter. Lo había hecho sin la menor vacilación y de inmediato había pasado a cosas más urgentes. Se sentía como si estuviera caminando sobre la cuerda floja.

Capítulo Cuatro

A Brady no le había pasado desapercibido el recelo en la mirada de Aine mientras él hablaba con Peter por teléfono. Quizá debería haberle pedido que saliera, pero probablemente había sido para bien que hubiese escuchado su conversación. Tenía que saber que no le temblaba el pulso cuando tenía que despachar a quien no hacía bien su trabajo. No disfrutaba con ello, pero si tenía que hacerlo, lo hacía. Respetaba a quienes trabajaban con ahínco, y despreciaba a quienes intentaban eludir sus responsabilidades con patéticas excusas.

–A mi hermano le encantaría esto –comentó Aine, mirando a su alrededor.

Acababan de entrar en el departamento de arte gráfico, en el tercer piso de la vieja mansión. Brady quería que viera todo el proceso de creación de sus videojuegos.

Por los altavoces sonaba música rock, y algunos de los artistas movían la cabeza al ritmo de la melodía o tarareaban la letra mientras trabajaban en sus escritorios. Todos disponían de un equipo informático en su puesto con las últimas herramientas de diseño gráfico, pero sobre las mesas también había cubiletes con lápices, pinceles, rotuladores y blocs de dibujo.

–Algunos de nuestros artistas prefieren hacer todo el trabajo con una tableta gráfica y el ordenador –le explicó a Aine mientras caminaban por entre las mesas–, pero la mayoría también disfruta con la sensación de plasmarlo sobre el papel. Y a nosotros, mientras hagan su trabajo y lo entreguen a tiempo, nos es indiferente cómo lo hagan.

Aine se detuvo a observar el boceto que una mujer estaba retocando y le dijo a Brady con una sonrisa:

–¿He dicho que esto le encantaría a Robbie? Se volvería loco si estuviese aquí.

–Tu hermano, ¿no?

–Sí, como te dije es un gran admirador de vuestros juegos, pero también le gusta dibujar –le explicó Aine–. Y se le da muy bien –añadió con una sonrisa orgullosa–. Esto sería como el paraíso para él.

–¿Quiere trabajar en la industria del videojuego? –le preguntó él mientras continuaban andando.

–Es el sueño de su vida, y está decidido a hacerlo realidad le cueste lo que le cueste –contestó ella. Se detuvo de nuevo, esta vez a observar el trabajo de un joven que estaba dando color a un boceto de un bosque iluminado por la luz de la luna–. ¡Qué bonito! –exclamó, y el joven giró la cabeza y le sonrió.

–Parece como si el bosque estuviera vivo –le dijo Aine.

–Gracias –dijo el artista–, pero aún faltan los hombres lobo.

–¿Hombres lobo? –repitió ella–. Con lo bucólico que es el paisaje sería una pena poner ahí unos monstruos.

–Pero es que los monstruos son lo que le gusta a la gente de nuestros juegos –intervino Brady–. Este se titulará El Lobo del Bosque de Clontarf; saldrá al mercado el año que viene.

–¿Clontarf? –Aine entornó los ojos y lo miró con suspicacia–. ¿Estáis haciendo un juego sobre la batalla de Clontarf?

–Vamos a usarla como telón de fondo en la historia, sí. ¿Has oído hablar de ella?

–Forma parte de la historia de Irlanda; lo estudiamos en el colegio. El último gran rey de Irlanda, Brian Boru, luchó y murió en la batalla de Clontarf.

–Así es –asintió Brady, impresionado.

A Sean, a Mike y a él les gustaba emplear figuras y eventos históricos en sus videojuegos para darles un barniz de realidad.

–Ya verás como te impresionarán las escenas de lucha con los hombres lobo cuando las veas –le dijo Brady–. A los chavales les encantará la espada ancha que usa el personaje, de esas que se blandían con las dos manos para dar tajos a diestro y siniestro, con la sangre salpicando...

–Es lo más horrible que he oído en mi vida –lo cortó Aine indignada.

Se hizo un silencio incómodo, y el dibujante carraspeó y se frotó la nuca antes de seguir con su trabajo mientras Brady y Aine se retaban con la mirada.

–El rey Brian derrotó a los vikingos y liberó Irlanda, y perdió la vida luchando –le espetó ella.

–Y en nuestro juego será igual –le contestó Brady–, solo que cuando gana esa batalla es porque le ayuda una legión de hombres lobo. Y si el jugador consigue una buena puntuación, sucede al rey en el trono. Míralo de este modo: cuando la gente juegue a nuestro juego, estarán aprendiendo la historia de tu país.

–Los libros de historia no hablan de que hubiera

legiones de hombres lobo –Aine sacudió la cabeza y resopló–. ¿Hombres lobo en Irlanda?

Brady se encogió de hombros.

–¿Por qué no? Creéis en hadas, duendes, monstruos marinos… La lista es interminable. ¿Por qué no hombres lobo?

Aine ladeó la cabeza.

–¿«Creéis»? Sigues sin considerarte irlandés, ¿no?

Brady ignoró su respuesta, frunció el ceño y echó a andar de nuevo. Aine lo siguió.

–Aquí, además de hacer diseños para los juegos, se dibujan guiones gráficos con el argumento de cada juego, y se repasan para asegurarse de que no tienen errores –explicó Brady.

–O sea que hay un argumento, ¿no se trata solo de correr y luchar con espadas? –inquirió ella con sorna.

Él la miró con una ceja enarcada.

–Es mucho más que eso. Como te conté, en cada juego hay una serie de enigmas que resolver.

–¡Aaah, claro! Son videojuegos para mentes pensantes –dijo ella con humor.

Brady asintió.

–Pues sí, es exactamente lo que son.

Sus socios y él se preciaban de hacer videojuegos con profundidad. La mayoría de la gente despreciaba los videojuegos porque los consideraba un entretenimiento estúpido, pero Celtic Knot Games había adquirido fama por la sofisticación de sus juegos, que obligaban al jugador a pensar.

Cuando dejaron el departamento de arte gráfico, llevó a Aine a otra enorme sala donde trabajaban los programadores. Permanecieron allí unos minutos, y luego la condujo escalera abajo hasta la puerta trasera de la casa. Salieron a un patio soleado y rodeado de olmos. La suave brisa del océano movía las hojas y el cabello de Aine, que se volvió hacia él y le dijo:

–Entonces, como gerente del hotel, tendré que supervisar las reformas.

–Así es –asintió Brady. Señaló con un ademán una mesa redonda de jardín con tres sillas y se sentaron–. Durante las próximas tres semanas trabajaremos en los planes que tenemos para el castillo.

–¿Tres semanas?

–Por ejemplo, quiero tu opinión sobre algunos de los cambios que tenemos previstos para las habitaciones –continuó Brady, como si no la hubiera oído–. Queremos darles un aspecto medieval, por supuesto, pero también que estén equipadas con todas las comodidades modernas y…

–Perdona –lo interrumpió ella–. ¿Has dicho tres semanas?

–Sí. ¿Supone eso un problema?

–Es que… no pensé que fuera a estar aquí tanto tiempo –murmuró Aine, y se mordió el labio.

Era como un libro abierto, pensó Brady. Era evidente que no estaba tan acostumbrada como él a disimular sus emociones. Claro que él llevaba toda su vida ocultando a todos los que le rodeaban lo que sentía.

Y con los años se había hecho más fácil, porque había acabado evitando intimar con nadie. La amistad que había entre los hermanos Ryan y él era diferente. Eran la única familia que había tenido; eran los únicos con los que se mostraba tal y como era, los únicos en los que confiaba de verdad.

–Tres semanas… –murmuró Aine de nuevo, más para sí que para él.

–¿Es un problema para ti? –volvió a preguntarle él con cierta aspereza.

Ahora trabajaba para ellos, y eran ellos quienes mandaban.

Aine irguió los hombros y alzó la barbilla.

–No me lo esperaba; tres semanas es mucho tiempo –le respondió. Luego se quedó pensativa y añadió–: Pero puedo llamar para avisar al resto de la plantilla de que voy a estar ausente más de lo previsto, y luego llamaré a mi madre.

Brady parpadeó.

–¿A tu madre?

–Si no se preocupará –contestó, como si fuera algo obvio.

–Ya, claro, supongo que sí –respondió él.

¿Cómo iba a saber él cómo era una madre de verdad? La suya lo había llevado a un centro de acogida de menores de los servicios sociales cuando él tenía seis años, prometiéndole que volvería a finales de semana, y jamás había vuelto a verla.

Aine lo miró confundida, pero contestó:

–Pero por supuesto no tengo inconveniente en quedarme si es necesario.

Brady asintió con la cabeza e intentó no pensar en que las próximas tres semanas con Aine Donovan a su lado iban a poner a prueba la capacidad de autocontrol de la que siempre había hecho gala.

***

Durante toda la semana siguiente Aine se sintió como si estuviera atrapada en un tornado, un tornado llamado Brady Finn. Parecía que fuera incansable.

Recorrieron todos los anticuarios de la ciudad para buscar el mobiliario adecuado para el hotel. Brady decía que los muebles viejos era todos iguales, ya fueran europeos o americanos, y discutieron más de una vez, aunque tenía que decir en su favor que, cuando le ofrecían una opción mejor, se mostraba flexible y se dejaba aconsejar.

Sin embargo, estaba monopolizando su tiempo por completo. Pasaban juntos casi el día entero, y hasta la llevaba a cenar para seguir hablando de todo lo que quedaba por hacer.

A cada día que pasaba se le hacía más difícil ignorar el calor que la invadía cuando estaba con él. Más de una vez se encontraba mirando su boca mientras hablaba, y no podía evitar preguntarse cómo serían sus besos. Y por si eso fuera poco, ni siquiera podía escapar de Brady de noche, porque hasta soñaba con él.

Y es que, aunque fuera autoritario y controlador, también tenía cosas buenas. Lo había visto pararse a sujetar la puerta a una mujer cargada con bolsas de la compra, y cuando iban caminando siempre se paraba a dar algún dinero a los músicos callejeros y a los vagabundos. Su carácter la confundía, esa mezcla de aspereza y amabilidad, de exigencia y bondad, y cada día la fascinaba más.

–Bueno, creo que hemos acabado por hoy –dijo Brady, arrancándola de sus pensamientos.

La brisa marina le revolvía el corto cabello negro. Se quitó las gafas de sol y las puso en la mesa, frente a él. Almorzar en la terraza de aquel café de Newport Beach se había convertido en una especie de costumbre a lo largo de esa semana.

–¿En serio? ¿No quieres que vayamos a alguna otra tienda a ver más modelos de sábanas? –le preguntó ella con ironía.

–Tiene gracia –comentó él con una media sonrisa–, creía que a las mujeres os gustaba ir de compras.

Aine tomó otro sorbo de su taza de té y contrajo el rostro. ¡Lo que daría por una taza de té de verdad!

–Pues con todas las tiendas a las que hemos ido esta semana, te aseguro que yo he cubierto mi cupo para lo que queda de año.

–¿Saturada de mirar toallas, sábanas y muebles?

–¿Tú no?

–Me aburre soberanamente –admitió él–. Pero es importante que nos aseguremos de cuidar cada detalle del lavado de cara que le vamos a dar al hotel –dijo antes de levantar su taza de café para tomar un sorbo.

Aunque Aine admiraba esa atención suya a los detalles, le sorprendía que el propietario de un hotel se estuviese molestando en hacerse cargo personalmente de todos esos detalles.

–Estoy de acuerdo –le dijo–. Es solo que me sorprende un poco, porque el anterior dueño jamás se ocupó de esas minucias.

Brady volvió a poner la taza en su platillo.

–Pero el anterior dueño acabó perdiendo hasta la camisa y tuvo que vender el hotel.

–Cierto –concedió ella.

–Y a mí no me gusta perder –añadió Brady.

De eso estaba segura. ¿Cómo sería llevar una vida

organizada al milímetro, como él?, se preguntó. ¿Cómo sería tenerlo todo tan controlado, estar tan seguro de uno mismo que se esperase que el mundo se ajustase a tus necesidades? Estaba convencida de que si Brady se topase con un obstáculo, pasaría por encima como una apisonadora, de que nada lo detendría.

Brady la fascinaba, no podía evitarlo, y cada vez que estaba cerca de ella, o cuando la tocaba, aunque solo fuese un roce fortuito, era como si sucediese algo mágico en su interior. Se sentía como si estuviese de pie al borde de un precipicio, y como si, con solo un pequeño empujón, fuese a caer al vacío.

La atracción que sentía por él no tenía sentido, igual que no tenía sentido que se permitiese fantasear con cosas que jamás ocurrirían. El abismo que los separaba era demasiado ancho y profundo: una mujer de un pueblo de Irlanda no tenía nada en común con un multimillonario.

–¿Ocurre algo?

La aterciopelada voz de Brady la volvió a sacar de sus pensamientos.

–¿Perdón?

–Te has quedado callada, y la expresión de tu rostro me dice que hay algo que te preocupa.

–¿Tan transparente soy?

Una de las comisuras de los labios de Brady se arqueó brevemente.

–Digamos que me da que no debes ser muy buena jugando al póquer.

–Tienes razón –admitió ella con un suspiro–. Estaba pensando en mi familia –mintió–. Aunque solo hace unos días que me fui, les echo de menos.

–Vives con tu madre y con tu hermano, ¿no?

Al ver cómo estaba mirándola, Aine le dijo:

–Sí. Y estás preguntándote cómo puede ser, a mi edad.

Él asintió, pero no dijo nada, sino que la miró expectante, y finalmente ella volvió a suspirar y le contestó:

–La verdad es que me independicé a los veinte. Alquilé un apartamento en el pueblo, y me sentí feliz de tener al fin mi propio espacio –le confesó con una sonrisa, recordando esos años–. Quiero a mi familia, pero…

–Lo entiendo.

La sonrisa se desvaneció de los labios de Aine.

–Todo cambió hace cinco años, cuando murió mi padre. Era pescador, y una noche hubo una terrible tormenta. Salió a la mar y no regresó. Mi madre se quedó destrozada; era el amor de su vida. Sin él se sentía perdida. Volví a casa para ayudarla con mi hermano, Robbie, que entonces solo tenía doce años.

–Debió ser muy duro para vosotros.

Ella asintió.

–Durante un tiempo sí que lo fue, pero las cosas han mejorado, y mi madre ya no está tan triste como antes.

–Así que por ayudar a tu familia dejaste de vivir tu vida.

Aine se encogió de hombros.

–Es lo que se hace por la gente que uno quiere.

Brady frunció el ceño, como si le resultara difícil de comprender. ¿No habría en su vida ni una sola persona que le importase lo suficiente como para sacrificarse por ella? Ese pensamiento hizo que se le encogiese el corazón.

–¿También echas de menos Irlanda? –le preguntó él.

Sorprendida por la pregunta, ella respondió.

–Es natural, ¿no? Al fin y al cabo es mi hogar.

–Claro –murmuró él. Tomó otro sorbo de café y volvió a dejar la taza en el platillo–. Háblame de Irlanda y del pueblo en el que vives.

Ella inspiró y esbozó una sonrisa.

–Es un pueblo pequeño, pero tiene todo lo que puedas necesitar. Y si hay algo que no encuentres, siempre tienes Galway. No se tarda más de una hora en llegar –le explicó–. Como siempre he vivido allí, mi opinión no es precisamente imparcial, pero es un pueblo precioso, y la gente es cálida y amable. Las carreteras de todo el condado están bordeadas por arbustos que se llenan de flores en primavera y son tan estrechas que a veces no puedes creerte que un coche pueda adelantar a otro. Hay un montón de granjas rodeadas por cercas de piedra, con sus vacas y sus ovejas pastando. Y además del castillo hay ruinas de torres y de otros castillos derruidos, donde te da la impresión de que, si te quedas escuchando en silencio, puedes llegar a oír el eco de las voces del pasado –hizo una pausa, y añadió con mirada soñadora–: Todo es verde, y las nubes que llegan del Atlántico traen a veces una lluvia fina que es como un susurro, y otras tremendas tormentas con un viento que aúlla entre las piedras del castillo como el lamento de las almas que no están en paz.

Se quedaron los dos en silencio antes de que Brady hablara, rompiendo el hechizo que habían tejido sus palabras.

–Almas que aúllan… –repitió pensativo–. Eso les gustará a nuestros visitantes.

–¿Eso es lo único que has oído de lo que he dicho? ¿Algo que puede servir para vuestro negocio? –le espetó ella.

–Por supuesto que no, pero sí, es lo que más me interesa. Al fin y al cabo es por lo que estás aquí –respondió Brady, encogiéndose de hombros–. Si no hubiéramos comprado el castillo, ahora mismo estarías en Irlanda intentando hallar la manera de salvar el hotel.

–Sincero hasta la médula, ¿eh?

–Bueno, los sentimentalismos no sirven de nada, ¿no crees?

Aine frunció los labios y enarcó una ceja.

–No, supongo que no –murmuró.

Él se rio, y el sonido amable de su risa hizo a Aine olvidar por un instante la irritación que habían causado en ella sus palabras. Brady ladeó la cabeza y le dijo:

–En la descripción que has hecho no has mencionado a ningún hombre. ¿No has dejado atrás a ninguno que eches de menos?

Ah… De modo que Brady Finn era curioso…

–No, ahora mismo no hay nadie en mi vida.

–¿Ahora mismo?

–Estuve comprometida con un chico de mi pueblo, Brian Feeny, pero lo nuestro se acabó –respondió ella. Se le hacía raro que al fin pudiese recordarlo y hablar de él sin que le doliese el corazón–. Ahora vive en Dublín, y he oído que está casado y es feliz.

–¿Por qué rompisteis?

–¿Y a ti qué te importa? –le espetó ella riéndose.

Allí estaba, con su nuevo jefe haciéndole preguntas de lo más personales, cuando él seguía siendo un completo misterio para ella.

–Perdona, tienes razón, no es asunto mío.

Ella volvió a reírse y se encogió de hombros.

–Da igual, tampoco fue nada dramático. Solo que mi madre y mi hermano me necesitaban, y Brian no podía comprender que los antepusiera a él, a nosotros.

–Probablemente la mayoría de los hombres no lo entenderían –dijo él.

–¿Y tú?

Él se quedó pensando un momento.

–Aunque estuviera comprometido, si Sean y Mike me necesitaran, me quedaría a su lado –contestó él encogiéndose de hombros–. ¿Responde eso a tu pregunta?

Aine asintió. Luego inspiró, y añadió:

–Cuando Brian cortó conmigo no me quedé hecha polvo, y ni siquiera me sentí decepcionada porque no me entendiera. Fue entonces cuando supe que no le quería de verdad. No lo bastante.

Quizá nunca llegaría a experimentar el tipo de amor que habían sentido sus padres, pensó. Claro que amar a alguien de un modo tan profundo implicaba ciertos riesgos. Nunca olvidaría lo destrozada que se había quedado su madre al perder al amor de su vida, y no podía evitar preguntarse si el amor merecía la pena cuando podía conllevar tanto dolor.

–Puede que el problema no estuviese en ti –apuntó Brady–. A lo mejor es que ese Brian era un capullo.

Ella lo miró, y se le dibujó una sonrisa en los labios. Nunca lo había mirado desde ese punto de vista.

–Bueno, ya está bien de charlas profundas por hoy –dijo Brady de repente. Se levantó y le tendió la mano–. ¿Te apetece dar un paseo?

Aine, que no se esperaba aquello, lo miró a los ojos, miró su mano, y vaciló, pero solo un instante antes de levantarse también y poner su mano en la de él. Y, cuando lo hizo, le sacudió tal ráfaga de calor que tuvo que hacer un esfuerzo para disimular el desconcierto que causó en ella.

–Me encantaría.

–Pues iremos hasta el paseo marítimo –dijo él, tirando suavemente de ella al tiempo que echaba a andar–. Puedes mirar el océano e imaginar que es el Atlántico.

Capítulo Cinco

Como Aine estaba acostumbrada a la calma de un pueblecito de Irlanda, el bullicio del tráfico y la gente le agobiaban un poco. Cuando Brady y ella llegaron al final del paseo marítimo y se detuvieron a mirar el mar, suspiró aliviada y sonrió para sí. Allí solo se oía el suave murmullo de las olas, los graznidos de las gaviotas y el crujido de la madera de la pasarela que discurría a lo largo de la playa. Inspiró la brisa del océano, y alzó la vista hacia el cielo, dejando que el sol bañara su piel.

—Creo que es la primera vez que te veo relajada desde que llegaste aquí —le dijo Brady.

—Es por el mar —contestó ella, girando la cabeza hacia él—. Es relajante después del ruido de la calle principal. Creo que si tuviera que vivir en un sitio tan bullicioso me volvería loca.

—A mí me pasa al revés: yo me volvería loco si viviera en un pueblo.

Otra muestra de que no estaban hechos el uno para el otro, pensó Aine. ¡Como si no fuera ya más que evidente!

—¿Por eso no has ido a Irlanda a ver el castillo en persona?

—Claro que no —contestó él, metiéndose las manos en los bolsillos y girando la cara hacia el viento—. No hacía falta para nada que fuera. Como te expliqué, recibimos un informe muy completo. Y tú estabas allí, ocupándote con mucha eficiencia de la gestión del hotel.

Aine apartó con la mano un mechón de su rostro.

–¿Y no has sentido curiosidad? –le preguntó–. Habéis pagado millones por el castillo, vais a invertir otro montón en reformarlo y, ¿ni siquiera te han entrado ganas de ir a verlo en persona?

–Si surge algún problema que no puedas solucionar, lo pensaré.

Aine, que no acababa de entenderlo, recordó entonces cómo había negado tener ningún vínculo con Irlanda a pesar de que su apellido delataba sus orígenes. Tal vez no fuese el castillo lo único que estuviese evitando, sino Irlanda en sí misma.

–Estaba preguntándome…

–Cuando una mujer empieza así una frase no es nada bueno –murmuró él.

Ella esbozó una sonrisa burlona.

–El otro día dijiste que de irlandés solo tienes el apellido.

Él se puso tenso de inmediato.

–¿Qué querías decir con eso? –le preguntó Aine.

Por un momento creyó que no iba a contestarle, porque apartó la vista y se quedó mirando el ancho océano que se extendía ante ellos. Aine permaneció callada, con la esperanza de que el haberle hablado de su pasado haría que él se abriera a ella también.

–Lo que quiero decir –respondió Brady finalmente– es que no crecí con las leyendas de Irlanda como tú. Ni con la música irlandesa ni con el orgullo de tener unas raíces irlandesas, como Sean y Mike –apoyó las manos en el pasamanos de la pasarela de madera y se inclinó contra el viento, que apartaba el negro cabello de su cara–. Yo crecí… –se calló abruptamente–. Es igual. Un apellido no es más que eso, un apellido. Todo lo relacionado con Irlanda me es tan ajeno como me imagino que lo será Estados Unidos para ti.

Tenía el ceño fruncido, como si hubiese dicho más de lo que quería decir.

–¿A tu familia no le interesa cuáles son vuestras raíces, de dónde vinieron sus antepasados? –le preguntó Aine.

Cada vez sentía más curiosidad, aunque era evidente que Brady no quería hablar del pasado.

–Nunca he tenido una familia –le contestó él, en un tono áspero, como exigiéndole que dejase el tema.

Aine no podía imaginar cómo sería no tener familia, no tener esa base sólida sobre la que construir una vida. No pudo evitar sentir lástima, aunque sabía que lo último que Brady Finn querría sería que nadie sintiese lástima por él. Era un hombre orgulloso, y debía haber sido muy difícil para él haberle hecho aquella confesión, así que decidió que lo mejor sería dejarlo estar. Al menos por el momento.

–Y aun así tienes un castillo en Irlanda –apuntó.

–Eso no significa nada –replicó él.

O más bien no quería que significase nada, pensó Aine.

–¿Sabes? –dijo Brady de repente–. En estos últimos días me he dado cuenta de unas cuantas cosas con respecto a ti.

Se giró hacia ella, y al mirarlo a los ojos, esos ojos azul cobalto, volvió a recordarle a un pirata. Tenía levantado el cuello de la cazadora de aviador que llevaba, y su cabello se agitaba con el viento, enmarcando su rostro como un halo oscuro. ¿Por qué tenía que ser tan endiabladamente guapo?, se preguntó tragando saliva.

—¿El qué? —inquirió cuando al fin logró articular palabra.

—Pues, por ejemplo, que te pasa como a mí, que te empeñas en que las cosas sean como crees que deben ser. Por eso, aunque te pone enferma, estás transigiendo con hacer cambios en lo que consideras que es la esencia del castillo con tal de protegerlo.

—Su esencia no desaparecerá —le aseguró ella—, igual que su alma. Y, sí, estoy transigiendo en algunas cosas porque... bueno, trabajo para vosotros, y tú eres uno de los propietarios del castillo.

—¿Y si no lo fuera? —inquirió Brady, dando un paso hacia ella.

De repente a Aine se le había secado la boca y tenía mariposas en el estómago. Inspiró, y contuvo el aliento. Aunque Brady estaba a unos centímetros de ella, podía sentir el calor que irradiaba su cuerpo. Estaban solos al final del paseo marítimo, y únicamente se oía el ruido de las olas y las gaviotas.

—Si no lo fueras, yo no estaría aquí, ¿no?

Brady asintió.

—Cierto. Y me alegro de que estés aquí —le dijo—. ¿Tú estás contenta de estar aquí?

—Supongo —murmuró ella—. Significa que aún mantengo mi puesto.

Él volvió a asentir, y clavando su intensa mirada en ella, le preguntó:

—¿Y qué me dices de la atracción que hay entre nosotros?

A Aine se le subieron los colores a la cara. Resultaba humillante tener casi treinta años y encontrarse sonrojándose como una colegiala.

–No sé a qué te refieres. Yo no…

–No finjas que no lo sabes –la cortó él–. Los dos sentimos esa atracción; la hemos sentido desde el principio –puso su mano sobre la de ella, que descansaba sobre el pasamanos.

Aquel mero contacto hizo que saltaran chispas dentro de Aine. De pronto parecía como si le ardiera la piel.

–Está bien, sí –reconoció apartando la mano–, supongo que negarlo no sirve de nada.

–Cierto. Ya hace más de una semana que nos conocemos, y creo que ya va siendo hora de que hablemos de ello.

Aine se rio por la nariz y sacudió la cabeza.

–¿Hablar de ello? ¿Con qué fin? –le espetó–. Los dos somos adultos, y el que nos sintamos atraídos el uno por el otro no implica que vayamos a dejarnos llevar por esa atracción.

–Por supuesto –respondió él–. De eso quería hablar. Sería un error dejarnos llevar por esa atracción. Soy tu jefe y tú una empleada de Celtic Knot.

–Lo tengo muy presente –dijo ella, que estaba empezando a enfadarse–. No hace falta que me adviertas que me aparte de ti, ni que me digas que refrene mis hormonas cuando esté cerca de ti. No tengo la menor intención de saltar sobre ti; no tienes que temer por tu honra –concluyó con sorna.

Brady sacudió la cabeza y se rio suavemente.

–No dejas de sorprenderme, Aine.

–Lo mismo digo –contestó ella, cruzándose de brazos y dando un paso atrás–. Es la primera vez en mi vida que alguien me dice algo así.

–Para mí también es la primera vez que me pasa algo así –respondió él–. Normalmente, cuando me gusta una mujer, voy a por ella y no me planteo nada más.

Ella ladeó la cabeza y lo miró con los ojos entornados.

–¿Y todas las mujeres caen rendidas en tus brazos?

Brady se rio.

–La mayoría de las veces, sí.

Aine se apartó del rostro un mechón que había empujado el viento.

–Ya. Pues me alegra ser una de las pocas que han logrado resistirse a tus encantos. No tengo ningún interés en ser una más en tu lista de conquistas.

–No serías una más –le dijo él, poniéndose serio–. Eres única, Aine; jamás había conocido a nadie como tú.

–Vaya, pues gracias –contestó ella, sorprendida por esa confesión–. Y, a riesgo de inflar aún más tu ego, te diré que yo tampoco había conocido hasta ahora a nadie como tú.

Brady, que estaba observándola con un deseo apenas contenido, asintió.

–Pues es una suerte que estemos de acuerdo en que no debemos dejarnos llevar por la atracción que sentimos.

–Por supuesto. Es lo más sensato.

–Exacto –asintió Brady–. Porque nuestra relación es exclusivamente laboral, y el sexo no haría sino complicar las cosas.

Aine no podía negar que la excitaba la idea de hacerlo con él, pero Brady estaba dejándole muy claro que quería que guardaran las distancias.

–Desde luego.

Sin embargo, Brady volvió a dar un paso hacia ella.

–Me alegra que lo hayamos hablado, que lo hayamos aclarado –murmuró, inclinándose hacia ella.

Aine tragó saliva y, como atraída por un imán, levantó la cabeza hacia él.

–Claro, porque… bueno, así podremos concentrarnos en el trabajo.

–La concentración es importante –dijo él, bajando la vista a sus labios.

–Sí que lo es.

Brady asintió y, mirándola a los ojos, le susurró:

–Pero ahora mismo no tenemos por qué comportarnos de un modo sensato, ¿verdad?

–No, ahora mismo no.

Brady la besó y, en cuanto sus labios tocaron los de ella, fue como si todo su mundo se pusiera patas arriba. Había esperado una ola de calor, una ráfaga de deseo, el deseo que había ido en aumento a lo largo de toda esa semana. Lo que no había esperado era que se desatara en él ese frenesí por apretarla contra su cuerpo y devorar su boca. Los brazos de Aine le rodearon el cuello, y sus dedos se deslizaron entre los mechones de su pelo, arañándole el cuero cabelludo con las uñas.

Cuando Aine abrió la boca y las lenguas de ambos se encontraron, la intensidad de las sensaciones que experimentó Brady fue tal que tuvo que trabar las rodillas para mantener el equilibrio. Ninguna mujer lo había hecho sentirse así. Es más, nunca había imaginado que podría sentir algo así.

Aquel beso despertó en él un ansia insaciable. Quería sentir sus piernas alrededor de sus caderas y hundirse por completo dentro de ella. Y, sin embargo, al tiempo que esos pensamientos asaltaban su mente, luchó contra ellos. No tenía nada de malo que se sintiese atraído por ella, pero desearla hasta ese punto…

Aine gimió, y aquel dulce sonido lo devolvió a la realidad. Estaban en un lugar público, a la vista de todo el que pasara. Aunque le costó, despegó sus labios de los de ella, apoyó su frente contra la suya y trató de recobrar la cordura mientras intentaba recobrar también el aliento.

De pronto se acordó de lo que Aine le había contado sobre su prometido. ¿Qué clase de hombre le pedía matrimonio a una mujer tan increíble y sexy como Aine y luego la dejaba?

–Vaya… –murmuró Aine. Le faltaba el aliento, igual que a él–. Eso ha sido… bastante inesperado.

Brady se rio.

–Sí, sí que lo ha sido.

Los bellos ojos verdes de Aine brillaban, y tuvo que contenerse para no atraerla hacia sí y besarla de nuevo.

–Y ahora que ya nos hemos desahogado, será mucho más fácil trabajar juntos –dijo.

Aine se quedó mirándolo un buen rato en silencio.

–O sea que me has besado, que casi has devorado mis labios… ¿en aras de nuestro trabajo?

Él la miró contrariado.

–Bueno, sí. Creo que los dos llevábamos toda la semana acusando la tensión y pensé que sería buena idea dejarnos llevar y quitárnoslo de la cabeza. Y ya hemos satisfecho esa necesidad.

«¡Ni de lejos!», protestó una vocecilla en su mente.

–Ya veo –murmuró ella, y volvió a quedarse callada un buen rato antes de hablar–. Pues supongo que tendré que darte las gracias por haber sido tan valiente como para, por el bien de nuestro trabajo, lanzarte sobre mí, que según parece soy algo así como una granada a punto de explotar –le espetó, y se giró hacia la pasarela, fijando la vista en el horizonte.

Brady frunció el ceño. Ya se había imaginado que se lo tomaría por donde no era. No le estaba diciendo que hubiese hecho un sacrificio al besarla, pero es que no había querido que se pensase algo que no era por aquel beso.

–Yo no he dicho eso.

–Ya lo creo que sí –replicó ella, girándose bruscamente hacia él. Sus ojos verdes relampagueaban, y estaba tan guapa cuando se enfadaba, que a Brady le entraron aún más ganas de volver a besarla–. ¡Si es que casi eres un santo!, ¡asumir la pesada tarea de enseñarme esa lección! Me has besado por mi bien, para asegurarte de que podría concentrarme en el trabajo en vez de perder el tiempo soñando despierta contigo.

A cada palabra que decía, Brady se sentía más y más estúpido.

–Yo no he dicho eso –repitió entre dientes.

–¡Qué suplicio debe ser para ti! –continuó ella, mirándolo furibunda–. Ser tan guapo, tan rico, un imán para las mujeres… Tendrías que pensar en contratar a un guardaespaldas, para que te proteja de aquellas a las que aún no has tenido tiempo de enseñarles a controlarse.

–¡Por amor de Dios, Aine! –exclamó él irritado, pasándose una mano por el cabello–. Estás poniendo en mi boca palabras que no he dicho.

–Como si las hubieras dicho.

–No es verdad –le espetó Brady–. Y lo último que me hace falta es que vengas tú a hacer conjeturas sobre lo que quería decir. Pero si necesitas que te diga con más claridad lo que pienso, te lo diré.

–Ya lo has hecho –lo acusó Aine, cruzándose de brazos–. Y creo que te alegrará saber que estoy de acuerdo contigo. El beso ha estado muy bien, pero no tienes que preocuparte, no voy a desmayarme en tus brazos mientras te suplico otro.

Brady apretó los dientes y puso los ojos en blanco.

–¿Desmayarte?

–Ni me arrojaré a tus pies –continuó ella, como si no lo hubiese oído–. Como te he dicho, el beso ha estado bien, pero tampoco ha desatado en mí un frenesí de deseo frustrado. He venido a hacer mi trabajo, y en cuanto lo haya hecho me iré a casa. Estás a salvo de armas de mujer fatal. Otros me han besado antes que tú, y he sido capaz de mantener la cordura.

Brady no pudo evitar echarse a reír.

–No tiene gracia –le espetó ella.

Sí, sí que la tenía. Brady sabía que estaba mintiéndole por cómo había reaccionado a su beso. Por más que intentara fingir, sabía que el deseo la había sacudido con tanta fuerza como a él.

–Ya lo creo que sí. Tienes mucho carácter.

Aine se sonrojó.

–No sé por qué siempre consigues sacarme de mis casillas, pero no voy a disculparme por lo que he dicho, aunque me despidas.

–¿He dicho yo algo de despedirte?

–Aún no. Pero como te he dicho, no tienes que preocuparte, porque no pienso volver a besarte. Y, si no te importa, te agradecería que de ahora en adelante mantuvieras tus labios alejados de los míos.

–Ese es el plan –respondió él, aunque sabía que no sería fácil.

–Estupendo, me alegra que estemos de acuerdo en algo –le dijo ella, y se dio media vuelta y echó a andar.

Brady se quedó allí plantado un buen rato, regalándose la vista mientras la veía alejarse, pero luego se recordó, al bajar la vista a su bonito trasero, que se suponía que debía verla solo como a una empleada.

Apretó los puños y fue tras ella. El sol ya se estaba hundiendo en el océano, y la luz del día se estaba disipando en un suave atardecer. Los últimos rayos del sol hacían que el cabello rojizo de Aine pareciese estar en llamas. La deseaba como jamás había deseado a ninguna otra mujer, pero no podía dejarse llevar de nuevo.

–¿Cómo van las cosas por ahí, mamá?

Mientras hablaba con su madre por teléfono, Aine se paseaba por la suite del hotel, que en ese momento le recordaba a una jaula dorada. Estaba tensa; no podía dejar de pensar en el beso que había compartido con Brady hacía unas horas.

Siempre se había preciado de su capacidad para mantener su vida perfectamente compartimentada, pero de repente su vida personal y su vida profesional se estaban entremezclando, y no sabía cómo pararlo.

–Pues tenemos un ruido que no te puedes hacer ni

una idea –dijo Molly Donovan–. No hacen más que ir y venir camiones del castillo al menos una docena de veces al día. Hoy han llegado unos americanos. De una constructora, dicen que son, y que están esperando a tenerlo todo listo para empezar a reformar el castillo.

–¿Americanos? –repitió Aine, interrumpiendo a su madre. Si uno la dejaba hablar, no paraba–. ¿Y no han contratado a nadie del pueblo?

–Hasta ahora no, pero aún no han empezado con las obras. Solo están trayendo los materiales. Y cualquiera diría que están trayendo la mitad de las piedras y la madera que hay en Irlanda –dijo su madre. Luego chasqueó la lengua, y añadió–: Es una pena. Como decía Danny Leary en el pub el otro día a todo el que quisiera escucharle, deberían ser obreros irlandeses quienes hicieran el trabajo. Es nuestro castillo.

Aine suspiró y apoyó la frente en el frío cristal de las puertas de cristal del balcón. Danny Leary era el capataz de una de las mejores constructoras del condado de Mayo, y si estaba descontento con la situación, las noticias acabarían corriendo como la pólvora. A la gente no le iba a gustar.

Era bueno que se fuesen a acometer reformas en el castillo Butler, sí, pero si la gente del lugar no se sentía parte de ello, podrían terminar dificultándolas. Podrían bloquear las carreteras –accidentalmente, por supuesto– y retrasar las entregas del material de construcción. Aquello podía provocar un auténtico desastre, y todo porque Brady Finn se había negado a escucharla cuando le había aconsejado que contratara a gente del lugar.

–Seguro que todo irá bien –dijo su madre–. En cuanto le digas a tu señor Finn que si sabe lo que le conviene, debería contratar a gente de aquí para hacer el trabajo.

–Ya se lo dije, mamá –contestó Aine con otro suspiro–. Pero es evidente que no estaba escuchándome.

–¿Y desde cuándo no consigues hacerte escuchar, Aine Donovan? –la reprendió su madre–. Te has ganado el puesto que tienes, y tu señor Finn…

–No es nada mío, mamá –la interrumpió Aine, notando de repente calor en las mejillas–; solo es mi jefe, y puede despedirme cuando se le antoje.

–¿Y por qué iba a hacer algo así? –replicó su madre–. ¿No te ha hecho ir hasta California como una reina en su avión privado? ¿No ha hecho que te quedes más de una semana para escuchar tus ideas?

–Sí, pero…

–Deja que te pregunte esto –continuó su madre–. ¿Sabes qué es lo mejor para el castillo y para el pueblo?

–Claro que sí.

–Pues entonces debes hacerte oír –le espetó su madre–. Tienes que hacerlo por todos nosotros. Ese tipo es un hombre de negocios; estoy segura de que lo entenderá en cuanto le expliques las cosas como son –de pronto se oyó un murmullo de fondo–. Robbie, tu hermana no está de humor ahora mismo para contestar tus preguntas sobre esos videojuegos con los que pierdes el tiempo.

Aine no pudo evitar sonreír. Si le hubiera dejado, Robbie la habría acompañado encantado a visitar las oficinas de Celtic Knot.

Su madre suspiró.

–Tu hermano me pide que te pregunte si hay zombis en el juego nuevo que van a sacar –le dijo. Y luego, dirigiéndose a Robbie, le espetó–: ¿Para qué quieres que salgan zombis? Un montón de muertos vivientes tambaleándose por ahí…

Aine sonrió divertida.

–Dile a Robbie que seguro que sí, y que uno de los dibujantes me explicó que también iban a incluir hombres lobo.

–Para que te quedes tranquilo –le dijo su madre a Robbie–: que seguro que hay zombis, y hombres lobo también. Ya está –le dijo a ella–, lo has hecho feliz. Hombres lobo… –murmuró, y Aine la imaginó poniendo los ojos en blanco.

Hablar con su madre la estaba haciendo sentirse mucho mejor. Aunque estuvieran a miles de kilómetros, los imaginaba a Robbie y a ella sentados en la cocina, tomando una taza de té, y deseó con todas sus fuerzas poder estar allí, lejos del tentador Brady Finn.

–Te prometo que pensaré en lo que me has dicho –le prometió a su madre saliendo a la terraza–. Intentaré que Brady entré en razón, le hablaré de Danny Leary, y volveré a llamarte mañana o pasado.

–No te preocupes por llamar, cariño. Haz lo que tengas que hacer y vuelve lo antes posible –su madre se quedó callada un momento, resopló, y añadió–: Y que dice tu hermano que, si puedes, que le traigas un dibujo de uno de esos hombres lobo.

–Lo haré –contestó Aine riéndose.

Cuando colgó, apoyó una mano en la barandilla de hierro y se quedó mirando el mar. Irlanda estaba a miles de kilómetros, mientras que a Brady Finn, que era más peligroso que un miura, lo tenía demasiado cerca.

Capítulo Seis

–¿Qué hay entre Aine y tú? –le preguntó Mike a Brady antes de tomar un trago de su cerveza.

–No hay nada entre nosotros –replicó Brady, mirando abstraído la etiqueta de su botellín. No podía quitarse de la cabeza el beso, pero tampoco quería hablar de ello–. Estamos trabajando juntos en las ideas que tenemos para el castillo, y cuando hayamos acabado se volverá a Irlanda. Fin de la historia.

–Ya –murmuró Mike con una media sonrisa–. Por eso te quedas como ausente durante un rato cuando Sean o yo la mencionamos.

Brady le lanzó una mirad furibunda a su amigo. Estaban sentados en su mesa de siempre en el bar al que solían ir, y debería sentirse relajado, pero no lo estaba, estaba furioso consigo mismo. No debería haber besado a Aine. ¿Pero qué hombre en su lugar no lo habría hecho?

Esa noche Mike parecía más interesado en cotillear que en hablar de trabajo. Al mirarlo de nuevo vio que su amigo estaba expectante, y como parecía que no iba a dejarlo estar, optó por intentar zanjar el tema.

–Aine está haciendo el trabajo que le hemos pedido que haga y ya está –dijo tomando un aro de cebolla.

–Me alegra saberlo –respondió Mike–. Entonces, supongo que... si no hay nada entre vosotros, no te importará que la invite a cenar.

–Sí que me importa –le espetó Brady, lanzándole otra mirada furibunda. Antes muerto que dejar que otro fuese tras ella.

Mike sonrió.

–Interesante…

–Borra esa sonrisa de tu cara –le dijo Brady–. No hay nada entre nosotros, y tampoco lo habrá entre tú y ella. Es una empleada, Mike.

–No estamos en la Edad Media –Mike se rio y tomó otro sorbo de cerveza–. No eres un duque que anda flirteando con una de las criadas.

–Es lo mismo –insistió él.

–Pues si todo el mundo pensara como tú, no habría ligues de oficina. ¿Qué harían entonces Paul y Jamie?

–¿Su trabajo, para variar? –le espetó Brady.

Paul y Jamie eran un chico y una chica que habían entrado hacía poco en el departamento de contabilidad y no hacían más que tontear el uno con el otro.

–En eso tienes razón –admitió Mike, alargando la mano para tomar un aro de cebolla–. Solo digo que tampoco te morirías por relajarte un poco y tomarte la vida menos en serio.

Lo único que lo relajaría sería liberar la tensión sexual que había entre Aine y él, pero si besarla había sido un error, acostarse con ella sería uno aún mayor.

Además, había ido allí para olvidarse un poco de Aine y pasar un rato tranquilo con Mike y Sean, que aún no había llegado, pero parecía que tendría que ser él quien cambiase de tema, sacando a colación algo de lo que Mike tampoco quería hablar.

–Ya que estás tan interesado por los ligues de oficina, ¿qué hay entre Jenny Marshall y tú?

Mike lo miró con una expresión avinagrada y se metió en la boca lo que le quedaba del aro de cebolla que estaba comiéndose, y tomó otro trago de cerveza.

–No hay nada entre Jenny y yo –le espetó–. ¿De qué diablos estás hablando?

–Puede que Sean esté ciego –le dijo Brady–, pero yo no lo estoy. Vi cómo te miró cuando entró en la sala de reuniones y te dio los dibujos. ¿Vas a contármelo o no?

Mike lo miró sorprendido y frunció el ceño antes de admitir:

–Nos conocimos hará como un año en la convención de videojuegos de Phoenix –masculló Mike–. La conocí en el bar del hotel la noche anterior al primer día de la convención. Y al día siguiente la descubrí en el pabellón de Snyder.

–¿Snyder?, ¿el programador artístico?

–Sí, parece que el viejo Snyder es su tío –Mike se encogió de hombros, pero cuando Brady se quedó mirándolo, le explicó–: no lo mencionó cuando nos conocimos.

–Ajá –asintió Brady. Intrigado, le preguntó–: Bueno, ¿y qué pasó?

–¿Cómo que qué pasó? –le espetó Mike, y le hizo una señal a la camarera para que les trajera otras dos cervezas–. Pues que nos conocimos, nos encontramos en la convención, nos despedimos, luego Sean la contrató y, desde entonces, he estado evitándola.

–Vaya, es como un cuento de hadas –murmuró Brady con sorna.

–Muy gracioso. No creas que no me he dado cuenta de cómo has cambiado de tema –lo acusó Mike, señalándolo con su botella.

—Siempre dije que entre tu hermano y tú, tú eras el más listo de los dos.

—Así es.

—¿Y por qué estás evitándola?

—¿Vas a escribir un libro sobre ello? —le espetó Mike.

—Mira, es una idea.

—Eres muy gracioso. Ja, ja —gruñó Mike—. Mira, aquello no iba a ningún sitio, y no tiene sentido que finjamos que podemos ser amigos, porque eso tampoco funcionaría. A mí no me gusta ella y yo no le gusto, así que… dejémoslo ahí.

—Pues a mí me parece que hay algo que no estás contándome.

—Evidentemente —asintió Mike, y miró hacia la puerta, por donde acababa de entrar Sean. Volvió la cabeza hacia Brady—: Como dijiste antes, mi hermano parece que está ciego en lo que respecta a mí y a Jenny, y preferiría que siguiera siendo así.

—Bueno, tú dejas de darme la lata con lo de Aine, y tenemos un trato —propuso Brady.

—Hecho —dijo Mike, y se volvió con una sonrisa hacia su hermano, que estaba ya solo a unos pasos de su mesa—. Llegas tarde y se nos han acabado los aros de cebolla, así que la próxima ronda la pagas tú.

—¿Por qué tengo que pagar yo si os los habéis comido todos vosotros solos? —se quejó Sean, pero le hizo una señal a la camarera.

Brady tomó un trago de cerveza mientras los Ryan se metían alegremente el uno con el otro, y se encontró pensando otra vez en Aine. El saber que Mike también tenía problemas con una mujer lo había hecho sentirse un poco mejor. De hecho, Mike lo tenía peor que él, porque mientras que Aine pronto se volvería a Irlanda, Jenny no iba a irse a ninguna parte, pero aquel pensamiento no lo consoló demasiado.

Dos días después, como estaban pintando las oficinas de Celtic Knot, se habían reunido en el hotel donde ella se alojaba. Más concretamente en la suite del ático en la que vivía Brady. Hasta entonces, Aine nunca había conocido a nadie que viviese en un hotel.

No hacía falta que tomase parte en la conversación hasta que no empezasen a hablar del castillo y de qué más cosas había que hacer, así que, mientras Brady y los hermanos Ryan, sentados en los cómodos sofás de cuero, discutían diversos detalles de su siguiente lanzamiento, se estaba entreteniendo paseándose por la inmensa suite. Tenía la esperanza de descubrir algo más acerca de Brady, pero la suite estaba prácticamente desnuda. Apenas había en ella objetos personales que dejaran entrever que vivía allí.

Solo había unos pocos libros apilados ordenadamente sobre una mesa baja, junto con tres fotos enmarcadas de los Ryan y él. Había jarrones con flores, pero sin duda eso era cosa del hotel, igual que los cuadros que adornaban las paredes.

Era una suite lujosa pero fría, y Brady no se había molestado en darle ningún toque hogareño o personal. ¿Sería una elección deliberada? No pudo evitar preguntarse si el lugar en el que vivía no sería una especie de metáfora de sí mismo. ¿Sería solo el frío caparazón que mostraba al mundo? ¿O habría algo oculto dentro de ese caparazón, escondido para que nadie lo pudiera ver?

Estaba convencida de que tenía que ser lo segundo, de que era un hombre que se cerraba a las emociones, a implicarse demasiado en cualquier tipo de relación. Claro que, sabiendo que no había crecido con el amor de una familia, casi podía entenderlo.

Detestaba la fascinación que ejercía sobre ella, porque pronto estaría de vuelta en Irlanda y Brady sería solo una voz a través del teléfono o una firma en el cheque de su paga, pero no podía dejar de pensar en él.

Y aquel beso en el paseo marítimo tampoco ayudaba en nada. Había revivido en su mente ese momento un millar de veces en los últimos dos días... a pesar de las estupideces que le había dicho él después. El caso era que se había sentido más viva en los pocos segundos que había durado el beso de lo que se había sentido en toda su vida.

–Si la espada encantada puede matar a la *banshee*, ¿qué sentido tiene? –estaba preguntando Sean–. Es demasiado fácil.

Aine frunció el ceño y se volvió. Los dos hermanos y Brady estaban inclinados hacia delante, mirando las hojas del guion gráfico y los dibujos que Mike había desplegado sobre la mesita entre los dos sofás.

–No depende solo de la espada encantada –replicó Mike–. No es que la recojas del suelo y mates a la *banshee*. Primero tienes que ganártela, y la *banshee* se defenderá; no te la cargas de un mandoble y ya está.

–Sí, pero...

–Y antes de nada tienes que atravesar el Burren, esquivar el dolmen, resolver el enigma y encontrar la llave que te permite conseguir la condenada espada. No es tan fácil.

Como le picaba la curiosidad, Aine se acercó. El Burren era una zona del condado de Clare con hectáreas y hectáreas de piedra caliza y roca salpicadas por plantas y flores silvestres. Sus espectaculares formaciones rocosas y la vista de la bahía de Galway atraían a miles de turistas cada año.

Se puso al lado de Brady para poder ver las hojas con las viñetas, y los tres hombres estaban tan enfrascados en su discusión, que estaba segura de que ni siquiera repararon en su presencia.

–¿Y dónde se supone que está escondida la llave? –preguntó Brady.

Mike suspiró y contestó:

–En la parte de fuera del dolmen. En realidad está incrustada en la piedra, pero el jugador tiene que resolver el enigma para encontrarla, o es absorbido hacia el dolmen, que es un portal que lo enviará de vuelta al principio de la fase.

–¿Y cómo resuelves el enigma? –preguntó Sean.

Mike señaló una de las páginas sobre la mesa.

–Ahí puedes verlo. John ha anotado la localización de todas las pistas. En total hay cuatro. Cada una te lleva a un medallón con parte del código. Si reúnes las cuatro e introduces el código completo, consigues la espada y puedes enfrentarte a la banshee. Si no, como he dicho, eres teletransportado de nuevo al comienzo de la fase y tienes que volver a empezar sin ningún arma.

–¡Aah, eso está bien! –murmuró Sean–, quitarle al jugador todas sus armas…

—A mi hermano eso le pondría furioso —intervino Aine.

Sean la miró y sonrió divertido.

—Eso es lo que me gusta oír —dijo complacido.

Aine sacudió la cabeza. ¡Qué forma más rara de ganarse la vida!, pensó. Hombres hechos y derechos hablando de *banshees*, de zombis y de espadas encantadas…

—Puedes conseguir más armas —le explicó Mike entusiasmado—, pero te lleva tiempo, y un jugador que se precie siempre quiere conseguir una buena marca de tiempo.

—Creía que Irlanda era verde y frondosa —observó Brady, mirando los dibujos.

—Fue nuestra madre quien nos habló de la región del Burren —le dijo Mike—. John investigó un poco acerca del lugar para darle más realidad a los dibujos, pero creo que Aine es la más indicada para que te hable de ese sitio.

Los tres se volvieron hacia ella, y Aine alargó el brazo para tomar uno de los dibujos, que representaba el paisaje yermo de ese pequeño rincón del condado de Clare.

—El Burren es prácticamente el único sitio de Irlanda que no es verde y frondoso, como ha dicho Brady. Hay hectáreas y hectáreas de piedra caliza y roca, muchas cuevas y túneles subterráneos…

—¡Eh! Podríamos incluir una fase con cuevas y túneles en el juego —dijo Sean entusiasmado, dando palmas y frotándose las manos.

—Podríamos —asintió Brady—. Le diremos a Jenny que haga unos bocetos a ver cómo quedaría.

–¿Por qué tiene que ser Jenny? –inquirió Mike, frunciendo el ceño.

–Acéptalo ya, hombre –le dijo Sean–, es una artista increíble.

Mike resopló y farfulló algo entre dientes.

–¿Algo más, Aine? –preguntó Brady, antes de que se pusieran a discutir otra vez.

–Estar allí, en medio de esas tierras baldías, provoca un sentimiento difícil de describir. Es un lugar sobrecogedor, hermoso a su manera, pero también agreste y salvaje. Hay quien dice que de noche se pueden oír los lamentos de los muertos en el viento.

Mike sonrió.

–Sobrecogedor… Sean, digámosle a John lo que Aine acaba de decir de los lamentos de los muertos. Podríamos integrar unos lamentos agónicos como ruido de fondo, mezclado con la música.

–Y en el Burren… ¿también vais a meter hombres lobo? –inquirió ella contrayendo el rostro.

–Por supuesto que no –replicó Sean–, allí solo habrá una *banshee*. Bueno, y los espíritus de las personas a las que ha matado, espíritus que retienen para tenerlos a su servicio.

Aine sacudió la cabeza y suspiró.

–Claro, claro, necesita al menos uno o dos sirvientes… –dijo con ironía–. Y supongo que va a lomos de un *pooka*, ¿no?

Los *pooka* eran criaturas de la mitología celta que podían adoptar la forma de diferentes animales, como un caballo o una cabra.

–Un *pooka*… –murmuró Sean, seducido por la idea. Hizo una anotación rápida en una de las hojas del guion gráfico–. Sería genial que nuestra *banshee* fuera a lomos de un *pooka*. Un caballo negro con los ojos rojos y crines llameantes. Y cadenas negras colgando de su cuerpo, como esperando a enredarse alrededor de los viajeros incautos…

Aine se rio, y cuando sus ojos se posaron en Brady, lo encontró mirándola con una sonrisa sincera. Aquella sonrisa se reflejaba en sus ojos, y Aine sintió que se derretía por dentro. Brady era un misterio, un enigma, y nada le daría mayor satisfacción que resolverlo, averiguar qué cosas eran importantes para él, qué cosas lo emocionaban… «Eres una tonta, Aine Donovan», se dijo. ¡Querer saber tanto de un hombre al que jamás podría tener…!

Durante los días siguientes Brady se centró exclusivamente en el trabajo, diciéndose que era lo mejor para los dos, para Aine y para él. Si en algún momento sentía una punzada de remordimiento, o veía confusión en los ojos de ella, trataba de ignorarlo. Igual que trataba de no pensar en el hecho de que últimamente apenas dormía, porque cada vez que cerraba los ojos se encontraba pensando en ella. Y no ayudaba en nada el saber que la habitación de ella estaba solo cinco pisos más abajo. Se sentía cansado, sexualmente frustrado… y la culpa no era de nadie sino de él.

–He estado viendo las ideas que tiene vuestro arquitecto de ampliar los jardines –le dijo Aine, inclinándose sobre su mesa para señalar el boceto al que se refería.

–¿Y qué problema hay? –inquirió él, girando la cabeza hacia ella.

–Solo que para hacerlo quiere arrancar robles de más de cuatrocientos años –contestó ella, mirándolo con los ojos entornados.

–¿Qué?

Brady miró el dibujo con el ceño fruncido y luego se volvió hacia la pantalla de su ordenador, para abrir los archivos de las fotos del castillo y sus alrededores. Estaban pasándolas, buscando una en concreto, cuando Aine rodeó la mesa y se inclinó para mirarlas también. El aroma de su perfume lo envolvió, atormentándolo cada vez que inspiraba, y un mechón de su sedoso cabello le rozó el cuello.

–¡Ahí, esa es! –exclamó Aine. Y, al inclinarse para señalar la pantalla, sus senos quedaron aplastados contra su hombro–. Esos son los árboles que te digo, delante del castillo. Llevan siglos ahí, Brady, y me parece que sería un crimen arrancarlos para poner una mayor extensión de césped y una rotonda con dalias y un cartel con el nombre de «Fate Castle».

¿Cómo esperaba que se preocupase por unos árboles centenarios, cuando en lo único que podía pensar era en lo cerca que estaba de él? Sería tan fácil atacarla por sorpresa y sentarla en su regazo para devorar sus labios con otro beso apasionado… Brady reprimió aquel impulso e hizo un esfuerzo por centrarse. Lo que estaba diciéndole Aine era cierto, no podían sacrificar aquellos árboles solo por los caprichos del arquitecto.

–Tienes razón; los árboles se quedan donde están.

–¡Maravilloso! –exclamó ella entusiasmada, y se irguió, gracias a Dios.

Sin embargo, no se apartó de él, sino que se quedó allí de pie, a su lado. Brady tragó saliva.

–¿Algo más? –inquirió.

–En realidad, sí –dijo Aine, y se mordió el labio antes de preguntarle–: ¿Recuerdas que hablamos de contratar a gente del lugar para llevar a cabo las reformas?

Brady frunció el ceño, pero asintió.

–Sí. ¿Y?

–Bueno, pues, que hace unos días hablé con mi madre, y me dijo que la gente del pueblo no está muy contenta.

Brady se echó hacia atrás en su silla y la giró hacia ella.

–¿A qué te refieres?

–El arquitecto le ha encargado el trabajo a una constructora americana, y la gente del pueblo considera que deberían ser irlandeses quienes llevaran a cabo las reformas de nuestro castillo.

Brady enarcó las cejas.

–¿Vuestro castillo?

Ella resopló y se cruzó de brazos. Se alejó un par de pasos, se paró en seco y se volvió hacia él.

–Lleva siglos allí, y hasta hace poco vosotros ni siquiera sabíais que existía –le espetó alzando la barbilla.

–Cierto –convino él levantándose–, excepto por el pequeño detalle de que mis socios y yo lo hemos comprado y ahora nos pertenece –le recordó, sentándose en el borde de su mesa.

Aine puso los brazos en jarras.

–Sí, pagasteis dinero por él, pero nosotros somos los descendientes de la gente que luchó y murió por él. Para nosotros el castillo Butler es más que un castillo; es nuestro pasado, nuestra historia.

–Ya. Y si no fuera por Sean, por Mike y por mí,

ahora mismo estaría abandonado y poco a poco iría cayéndose a pedazos.

—Yo no estoy discutiendo eso —replicó ella.

—¿Y entonces de qué estamos discutiendo? Ve al grano.

—Muy bien, iré al grano: si queréis el apoyo de la gente del pueblo, y lo necesitaréis, deberías ceder un poco.

Brady se cruzó de brazos.

—¿Estás chantajeándome?

—Por supuesto que no —se apresuró a replicar Aine, visiblemente ofendida. Suavizó su tono y su mirada—. Solo quería recordarte que cuando hablamos de ello tú estuviste de acuerdo conmigo. Hay alguien con quien puede hablar vuestro arquitecto. Se llama Danny Leary, y puede conseguiros todos los hombres como necesitéis para las reformas: obreros, carpinteros, electricistas, fontaneros, pintores…

Brady frunció el ceño y la miró suspicaz.

—¿Quién es ese Danny Leary? ¿Tu novio?

¿Se trataría de eso?, ¿le habría ocultado que tenía un novio y quería conseguirle un trabajo?

Ella se quedó mirándolo boquiabierta, como si no pudiera dar crédito a lo que estaba oyendo, y de pronto se echó a reír y sacudió la cabeza.

—¿Mi novio? La mujer de Danny se quedaría de una pieza si te oyese decir eso… igual que su hija, Kate, que fue conmigo al colegio. Danny es el dueño de una de las constructoras más importantes del condado.

Brady se sentía como un idiota. Se había comportado como un adolescente celoso, cuando ni siquiera estaban saliendo.

—Está bien —dijo abruptamente—. Llamaré al arquitecto mañana y le diré que hable con ese tipo.

—No sabes cómo te lo agradezco.

Aine le puso una mano en el brazo al decir eso, y Brady juraría que podía sentir el calor de su mano quemándole la piel a través de la manga de la camisa, como si estuviesen marcándolo a fuego.

—Cualquiera del pueblo le dirá dónde encontrarlo —añadió, dejando caer la mano.

Brady asintió.

—¿Alguna cosa más?

Aine se pasó una mano por el pelo y, aunque no fue un movimiento premeditado, a Brady se le antojó de lo más sexy.

—Por el momento no —contestó Aine—, aunque estaba preguntándome cuánto tiempo más tendré que estar aquí.

La verdad era que no tenía por qué permanecer allí más tiempo. Ya habían terminado con la mayor parte de las cuestiones que quería repasar con ella, y lo que faltaba podían hablarlo por correo electrónico o por teléfono. Sin embargo, aunque Brady quería perderla de vista para poner fin al tormento de tenerla a su lado cada día y no poder dar rienda suelta a su deseo, una parte de él no quería que se fuera.

—¿Ansiosa por volver a casa?

Aine giró la cabeza un momento hacia la ventana.

—Bueno, echaré de menos el sol de California, pero sí, echo de menos mi hogar. ¿No te pasa a ti lo mismo cuando viajas?

—No —contestó él de un modo abrupto—. Yo no tengo un hogar.

–Hasta ahora nunca había conocido a nadie que viviera en un hotel –comentó ella en un tono quedo–. Quizá lo que necesites sea un apartamento propio, o una casita en las afueras… algo que no sea tan impersonal como un hotel.

La sola idea hizo reír a Brady. No se imaginaba cortando el césped o teniendo que lidiar con los vecinos.

–No, gracias. Vivir en un hotel es perfecto para mí: tengo servicio de habitaciones las veinticuatro horas del día, me limpian la suite cada día, me lavan la ropa y me la planchan… Es todo lo que necesito.

–¿Seguro?

Brady no pudo evitar ponerse a la defensiva.

–No todos queremos vivir en un pueblecito.

Fue hasta el armario a por su chaqueta. Tenían una reserva en un restaurante para cenar. Extrañado de que Aine no dijera nada, se volvió hacia ella, y se sintió mal al ver la mirada ofendida en sus ojos verdes.

–No pretendía molestarte –se disculpó–. Lo que quería decir es que tengo la vida que quiero tener. ¿Cuánta gente puede decir lo mismo?

–Cualquiera puede decirlo –murmuró ella. Y, mirándolo a los ojos, añadió–: La pregunta más bien sería en cuántos casos es cierto.

Brady frunció el ceño. Le incomodaba cómo sus conversaciones con ella siempre le daban qué pensar, cómo siempre le hacían replantearse quién era y lo que hacía. Durante años había seguido el camino que se había marcado a sí mismo y, hasta que Aine había aparecido en su vida, había avanzado por él sin sobresaltos. Ahora, de repente, era como si hubiese baches a cada diez metros.

Capítulo Siete

Para cuando abandonaron el restaurante, era más tarde de lo que Aine había pensado. Las tiendas estaban cerradas, apenas había tráfico, y tenían la acera para ellos solos. La brisa que corría era fresca, pero no hacía tanto frío como en Irlanda en esa época del año.

–¿Cansada? –le preguntó Brady.

–No, para nada –respondió ella.

Brady asintió, pero no dijo nada más. Tampoco había hablado mucho durante la cena. Aine estaba convencida de que era por la tensión sexual que había entre ellos, tan tirante como un cable, y que iba a más a cada día que pasaba.

–Apenas has dicho nada durante la cena –comentó mientras él le sujetaba la puerta del coche para que entrara–. ¿Ha ocurrido algo?

–Nada fuera de lo habitual –gruñó él.

Aine se metió en el coche y se abrochó el cinturón de seguridad. Cuando él estuvo sentado, le preguntó:

–¿Tiene que ver con el trabajo?

–No –contestó él, metiendo la llave en el contacto y girándola.

–Entonces, ¿es por mí? –inquirió ella, poniéndole una mano en el brazo.

Él se quedó quieto un momento, y bajó la vista a su mano antes de subirla lentamente hasta que sus ojos se encontraron. De pronto a Aine se le secó la boca, y aunque le hubiera ido la vida en ello, no podría haber apartado sus ojos de los de él. Apartó la mano, pero la electricidad estática que parecía flotar en el ambiente no desapareció.

–Sí –admitió él finalmente con voz ronca–, es por ti, Aine.

–No sé qué decir.

–Pues no digas nada –le aconsejó él–. Será mejor así –apartó la vista y miró al frente. Luego metió primera y el deportivo se incorporó al tráfico–. Me prometí a mí mismo que después de ese beso me mantendría apartado de ti, pero no es una promesa fácil de cumplir.

Una ráfaga de calor recorrió a Aine. La halagaba saber que a Brady le estaba costando mantener las manos quietas con ella, y deseó con todas sus fuerzas que dejara de luchar contra la atracción que sentía.

Las luces de las farolas que pasaban no eran más que un borrón de luz, y la fina lluvia que caía dejó pequeñas gotas en el parabrisas que brillaban como diamantes mientras se dirigían al hotel.

Minutos después Brady ya había aparcado y estaba abriéndole la puerta.

–Cuando entremos no tienes que acompañarme a mi habitación –le dijo Aine–. Es tarde.

–Siempre lo hago –replicó él–. No veo por qué habría de ser diferente esta noche solo porque sea un poco tarde.

Sí que lo era. Esa noche todo era diferente. Se sentía a la vez nerviosa y excitada. El fresco aire de marzo intentaba colarse por debajo de su suéter, pero Brady le había puesto la mano en el hueco de la espalda mientras recorrían el corto trecho hasta el hotel, y su palma y sus dedos irradiaban un agradable calor.

Cuando entraron en el ascensor, se colocaron cada uno en una pared opuesta, como dos oponentes en una pelea de boxeo, esperando el timbre de la campana para lanzarse el uno sobre el otro. Al abrirse las puertas Brady se apartó de la pared, la tomó de la mano, y casi la arrastró por el pasillo hasta llegar a su habitación. Aine estaba hecha un manojo de nervios.

–¿Me das la llave? –le dijo Brady.

Aine la sacó del bolso, y cuando se la tendió y sus dedos rozaron la palma de él, fue como si alguien hubiera encendido una cerilla en su piel. Tragó saliva y se preguntó qué pasaría cuando Brady abriera la puerta. ¿Se iría a su suite, como todas las noches, o entraría con ella? ¿Intentaría besarla de nuevo? ¿La llevaría a la cama y aliviaría el ansia, casi insoportable, que llevaba días consumiéndola?

La puerta se abrió, pero Brady no se movió. Se quedó allí plantado, como un hombre en un cruce de caminos intentando decidir cuál tomar.

–Debería irme –dijo finalmente.

La decepción que invadió a Aine chocaba con lo que dictaba el sentido común. Sí, debería marcharse. Si se quedase, podrían acabar cometiendo una locura. Y sin embargo… ¡Dios, cómo le gustaría que se quedara!

–Sí, supongo que sí –respondió, apartando a un lado sus deseos.

–Quedarme sería un error –murmuró él, bajando la vista a sus labios.

Aine tragó saliva.

–Desde luego. Lo más sensato es que te vayas.

Brady se frotó la nuca con la mano.

–Sí, pero la sensatez está sobrevalorada.

Una mezcla de alivio y deseo embargó a Aine.

–Yo opino lo mismo.

Sin mediar palabra, Brady la atrajo hacia sí, la hizo entrar con él en la habitación y cerró la puerta de un puntapié. Sus manos descendieron por la espalda de Aine, acariciaron sensualmente sus nalgas y volvieron a subir para tomarla por el cuello y besarla apasionadamente.

A Aine ya le daba igual que aquello fuera un error. Había pasado demasiados días y noches pensando en ese momento. Y ahora que al fin había llegado, no quería pensar en nada.

Y Brady no le dio mucho tiempo para pensar, porque la empujó contra la pared y continuó devorando sus labios mientras enredaban los dedos en su pelo. Aine le respondió con idéntico ardor, enroscando su lengua con la de él.

Pronto la ropa empezó a estorbarles. Prácticamente se la arrancaron el uno al otro, sin dejar de besarse, y al cabo quedaron desnudos, piel contra piel, mientras sus manos, frenéticas, subían y bajaban por el cuerpo del otro, explorando, acariciando.

La mano derecha de Brady se deslizó hasta la unión entre sus muslos, y cuando se apretó contra su pubis, a Aine le temblaron las piernas. Si él no hubiera estado sujetándola, probablemente habría caído al suelo.

Brady hizo el beso más profundo, al tiempo que deslizaba dos dedos en su calor para acariciarla desde dentro. Aine se estremeció de placer y un gemido ahogado escapó de sus labios. Se abandonó por completo a aquellas deliciosas sensaciones y se aferró a los hombros de Brady mientras sus labios seguían fundidos.

Cuando el pulgar de Brady frotó repetidamente su clítoris, una cascada de explosiones se sucedió en su interior, y la sacudió un orgasmo tan intenso que durante un buen rato permaneció temblorosa entre sus brazos, incapaz de moverse. Le faltaba la respiración, pero le daba igual; se sentía más viva que nunca.

Brady despegó su boca de la de ella, y cuando deslizó sus labios por la curva del cuello, Aine gimió y ladeó la cabeza para que pudiera besarlo mejor. Entretanto, sus hábiles dedos seguían obrando magia en la parte más íntima de su cuerpo y cada vez se sentía más excitada.

–¡Brady!

Cuando él levantó la cabeza para mirarla, Aine vio que sus ojos estaban nublados por la pasión.

–Llevaba días soñando con esto –le susurró–, soñando contigo.

–Yo también –respondió ella en un hilo de voz.

Brady la atrajo hacia sí, y notó su miembro endurecido apretándose contra ella. Jadeó y se arqueó hacia él en un acto reflejo. Lo necesitaba tanto…

–No puedo pensar en nada más que en ti –le confesó Brady, inclinando la cabeza para besarla en el hombro.

Esas palabras se quedaron flotando en su mente, como una bendición, hasta que Brady volvió a hablar.

–Y no me gusta. No quiero sentir esta necesidad imperiosa –añadió, levantando la cabeza para mirarla a los ojos–, pero no puedo evitarlo.

Aquello debería haber sido como un jarro de agua fría para ella, pero en vez de eso se lo tomó como un cumplido. ¿Qué podía haber mejor que el que un hombre viese doblegada su voluntad por un deseo que no podía controlar?

Tomó su rostro entre ambas manos y, aunque era extraño estar teniendo esa conversación con los dedos de él tocándola de un modo tan íntimo, ella también le hizo una confesión.

–Yo tampoco quería que pasara esto… –le dijo con un suspiro–. Nunca hubiera imaginado que me sentiría atraída de esta manera por ti y… bueno, el caso es que aquí estamos, y no consigo reunir la fuerza de voluntad necesaria para pararlo.

–Gracias a Dios –murmuró él, y volvió a tomar sus labios como un hombre sediento bajo el sol del desierto.

A Aine se le escapó un gemido de protesta cuando Brady sacó la mano de entre sus piernas, pero luego él empezó a besarla de nuevo y se tambalearon hasta el dormitorio y cayeron en la cama en una amalgama de miembros.

Aine recorrió con sus manos la ancha espalda de Brady, deleitándose en el tacto de su piel, y él bajó la cabeza a su pecho y tomó en su boca primero un pezón y después el otro, para lamerlos y mordisquearlos.

Brady recorrió todo su cuerpo, besando y acariciando cada centímetro de piel. Aine estaba al borde de la desesperación; era como si el primer orgasmo al que la había llevado no hubiese ocurrido, como si no la hubiese satisfecho y necesitase más, mucho más.

Brady se arrodilló entre sus piernas y le levantó las caderas para penetrarla de una certera embestida que hizo a Aine gritar su nombre. Ella lo miró, y en sus facciones, tensas por el deseo contenido a duras penas, vio también ternura.

Fue entonces cuando comprendió, cuando la sacudió una revelación inesperada pero innegable. Había estado equivocada hasta entonces: no era que fuese incapaz de amar, lo que pasaba era que no había conocido al hombre adecuado. Ese hombre era Brady Finn Pero ¿cómo podía ser el hombre adecuado, cuando estaba convencida de que jamás podría haber nada entre ellos? Y, sin embargo, lo amaba. No se trataba solo de deseo, o de pasión; amaba con todo su corazón a aquel hombre lleno de contradicciones.

Brady empezó a moverse, marcando un ritmo al que ella trató de acomodarse rodeándole las caderas con las piernas y atrayéndolo más dentro de sí con cada embestida. Sus uñas le arañaban la espalda, y cuando echó la cabeza hacia atrás, jadeante, y cerró los ojos, Brady la llamó.

—No, no cierres los ojos –le dijo–. Mírame, Aine; quiero ver tus ojos mientras te poseo.

Ella alzó la vista hacia él, y tuvo que contenerse para no susurrarle un «te quiero» cuando su cuerpo explotó con otro orgasmo aún más intenso que el anterior. No podía apartar la vista de los ojos azules de Brady. Se aferró a sus hombros, y continuó moviendo las caderas al mismo son que él. Entonces Brady la hizo rodar con él sobre el colchón para que quedara a horcajadas sobre él, y su miembro se un hundió todavía más en ella.

—¡Brady…! –jadeó, echando la cabeza hacia atrás.

Las manos de él la agarraron por las caderas para guiarla mientras lo cabalgaba. Cuando volvió a mirarlo a los ojos vio en ellos un destello de pasión, y al instante siguiente su cuerpo musculoso se arqueó y se estremeció cuando se dejó llevar por el orgasmo y derramó su semilla dentro de ella.

Brady no podía recordar cuándo había sido la última vez que había perdido el control de esa manera. Su cuerpo aún vibraba de placer cuando rodeó con sus brazos a Aine, que estaba tumbada encima de él. El autocontrol que tantos años le había costado desarrollar, se había esfumado en cuanto habían empezado a besarse.

–Teniendo en cuenta lo que acaba de pasar, no pareces muy contento –observó Aine, cruzando los brazos sobre su pecho y apoyando la barbilla en ellos para mirarlo.

–No, no lo estoy.

Su cuerpo había quedado más que saciado, de eso no había duda; era su mente la que no lo dejaba tranquilo. Giró sobre el costado para que ella pudiera tumbarse a su lado.

–¿Te he hecho daño?

No había sido tan delicado con ella como habría sido si el deseo no se hubiese apoderado de aquella manera de él.

–Pues claro que no –contestó ella, apartando un mechón de su rostro con la mano–. ¿Es eso lo que te preocupa?

–¿Que si es eso lo que me preocupa? –Brady se incorporó sobre el codo para mirarla–. Prácticamente te he forzado a…

Se quedó callado cuando Aine se echó a reír.

–Perdona –se disculpó ella, tratando sin éxito de

reprimir una sonrisa–, pero es que decir que me has forzado cuando casi te he arrancado la ropa me parece demasiado, ¿no?

–Está bien, sí, tienes razón.

Sin embargo, eso no cambiaba el hecho de que había infringido su código de conducta personal al acostarse con una empleada. Y no era solo eso lo que lo carcomía por dentro, y lo sabía: había permitido que Aine cruzase los muros que, durante todos esos años, lo habían mantenido emocionalmente aislado del resto del mundo.

–Aun así no debería haber…

–¿Qué? –lo instó ella a continuar, con una sonrisa divertida–. ¿Hacerme el amor con tanta pasión? Porque si vas a disculparte por eso, no es necesario. No soy de cristal, y si no hubiera querido hacerlo contigo, te habría parado los pies. Y la verdad es… que no ha estado nada mal, ¿no? –inquirió con un suspiro de satisfacción.

Brady se quedó mirándola anonadado. Aquella debía ser la conversación poscoito más rara que había tenido nunca. Claro que debería haber imaginado que Aine Donovan sería tan poco convencional en la cama como lo era fuera de ella. Otra razón para cortar aquello de raíz, se dijo, para apartarse de ella. Aine lo intrigaba, y ocupaba durante demasiado tiempo sus pensamientos.

–Sigues con el ceño fruncido –apuntó ella.

–Porque no sé qué pensar de ti –admitió Brady.

–Me lo tomaré como un cumplido –contestó Aine con una sonrisa.

La habitación se estaba quedando a oscuras, y Brady

decidió que, aunque no sabía cómo hacerlo, tenía que decírselo, lo que lo preocupaba de verdad, porque parecía que ella aún no se había percatado del imperdonable despiste que había tenido por su falta de autocontrol. Carraspeó, la miró a los ojos, y le dijo:

–Aine, creo que no te has dado cuenta, pero estábamos tan entusiasmados que se nos ha olvidado a los dos: no he usado preservativo.

Aine palideció, se incorporó como un resorte y encendió la lámpara de la mesilla de noche. Cuando miró a Brady, estaba parpadeando y guiñando los ojos por la luz, que lo había deslumbrado.

La había llevado al cielo y de repente había vuelto a la tierra de un batacazo. Hacía unos minutos había pensado que daba igual que no pudiera tener un futuro con Brady, que le bastaba con amarle. Mucha gente jamás llegaba a conocer el amor.

Estaba aterrada por lo que Brady acababa de decir, pero a la vez se sentía extrañamente esperanzada, lo cual era una prueba más, sin lugar a dudas, de que estaba hecha un lío.

–Ahora ya sabes por qué estoy preocupado –dijo Brady.

A Aine el estómago le dio un vuelco. Al pensar en las posibles repercusiones de lo que habían hecho, de repente la cabeza le daba vueltas. ¿Y si se había quedado embarazada? Se bajó de la cama y se lio en la colcha. Sujetándola con la mano, fue hasta el ventanal y se giró hacia la cama.

–Perdóname, no estaba pensando con claridad –se

disculpó Brady–. No me pasaba algo así desde el instituto, que una mujer me encandile hasta el punto de olvidarme por completo del condenado preservativo.

Si no fuera por lo aturdida que estaba, Aine habría sonreído. Era un bonito cumplido. Y ella podría decir lo mismo de él, pero Brady estaba tan agobiado con que había metido la pata, que ni la habría escuchado. Por eso, decidió que lo mejor, para contrarrestar, sería mostrarse calmada, con la cabeza fría, racional.

–Bueno, lo hecho, hecho está –dijo con firmeza–. No tiene sentido ponerse a gimotear por algo cuando no se puede hacer nada por cambiar la situación.

–¿Gimotear? –repitió Brady bajándose de la cama. Fue hasta ella y, asiéndola por los brazos, le espetó–: ¿Es eso lo que crees que estoy haciendo?, ¿gimotear?

–Pues claro que no. Entiendo que estés enfadado contigo mismo, pero no hay nada que podamos hacer –le dijo ella, sacudiendo la cabeza.

–Ya es demasiado tarde, sí, pero tenemos que hablar de lo que podría ocurrir –contestó él, apartándose de ella para ir a por su pantalón.

–Los dos sabemos qué puede ocurrir, pero si necesitas que lo diga, lo diré: sí, podría haberme quedado embarazada.

A pesar de querer aparentar calma, el solo decir aquella palabra en voz alta hizo que las rodillas le temblaran. ¿Cómo podía haber sido tan tonta, tan descuidada? Ya no era una adolescente tímida, y aquella no había sido su primera vez. Sin embargo, tenía su orgullo, y no iba a dejarle entrever lo inquieta que estaba.

–¿Qué más hay que decir? –se preguntó, encogiéndose de hombros.

–Mucho –masculló él mientras se ponía los pantalones–. Si estuvieras embarazada…

–Si no te importa, eso aún no lo sabemos.

–¿Cómo puede ser que no estés siquiera disgustada? –le espetó él, mirándola con los ojos entornados.

Sí que lo estaba, pero había una parte de ella que se preguntaba si sería tan malo si se hubiese quedado embarazada. No sería una situación idílica, desde luego, pero siempre había querido ser madre. Sabía que lo que estaba pensando era una locura, y al mirar a Brady tuvo claro que él jamás vería un embarazo no deseado como un «afortunado» accidente.

–Porque no me serviría de nada –respondió en un tono quedo–. ¿Preferirías que me pusiera a llorar?

–Lo vería más normal –admitió él, lanzando los brazos al cielo.

Su frustración era palpable. Para alguien como él, a quien le gustaba tenerlo todo bajo control, aquello debía ser muy duro. Lo compadecía, pero sí era cierto que no le parecía que tuviese sentido angustiarse por algo que no había ocurrido. Al contrario que él, que estaba habituado a que todo el mundo lo obedeciera, ella se había acostumbrado a que las cosas escaparan a su control.

–Para ti quizá –contestó con suavidad–, pero no para mí.

–¿Y qué es lo normal para ti?

–Esperar a ver cómo se desarrollan los acontecimientos –contestó ella, apartando con un gesto impaciente un mechón de su rostro–. Hay un antiguo proverbio irlandés que dice: «Si te preocupas, morirás. Si no te preocupas, también morirás. Así que, ¿para qué preocuparte?».

–¿Qué narices significa eso?

–¡Pues que no tiene sentido que te preocupes! ¿Ves como no me escuchas? –le espetó Aine, sintiendo que empezaba a perder los estribos. Inspiró para tratar de calmarse–. Mira, Brady, solo lo hemos hecho una vez, así que no creo que tengamos que preocuparnos.

–Con una vez ya puedes quedarte embarazada –le recordó él con aspereza.

–Sí, claro, en los libros y en las películas –Aine sacudió la cabeza antes de continuar–. Tengo una amiga que lleva cuatro años intentando quedarse embarazada. La vida real no es tan predecible como la ficción, y me parece una pérdida de tiempo y de energías preocuparse sin que haya ocurrido nada.

–Pues hacerte ilusiones con que no va a ocurrir y despreocuparte tampoco creo que sea muy acertado –le espetó él.

A Aine se le antojaba extraño que para Brady «hacerse ilusiones» fuera equivalente a confiar en que no se hubiera quedado embarazada. No es que ella lo quisiera, pero tampoco la espantaba la idea de tener un bebé.

Se hizo un silencio incómodo y, cuando ya no podía soportarlo más, Aine dio un paso hacia él y, poniéndole la mano en el brazo, le dijo:

–Discutir no nos lleva a ningún sitio.

Cuando lo tocó, Brady se puso tenso, sus facciones se endurecieron, y se apartó de ella como si no pudiera soportar estar a su lado ni un segundo más. Luego se puso a andar de un lado para otro, igual que un animal atrapado buscando desesperadamente una salida. A Aine se le partió el corazón. Hasta después de lo que habían compartido estaba ansioso por alejarse de ella.

–Tienes razón –dijo Brady finalmente–. Esto no nos ayuda nada. Solo hay una solución –se pasó una mano por el cabello y le lanzó una mirada–: creo que ya es hora de que vuelvas a Irlanda.

Aine se quedó mirándolo anonadada.

–¿Qué?

Brady, que seguía paseándose por la habitación, se paró en seco y se cruzó de brazos.

–Querías irte a casa, ¿no? Creo que es lo que debes hacer, y creo que debes hacerlo ya.

Aine no podía creer lo que le estaba diciendo.

–¿Esa es tu manera de afrontar lo que acaba de ocurrir? ¿Alejarme de ti?

–No hagas una montaña de un grano de arena –la increpó él–. Lo de esta noche no tiene nada que ver. Has hecho un buen trabajo y ya va siendo hora de que vuelvas a casa. Con un aumento de sueldo.

–¿Un aumento de sueldo?

Si le hubiera dado una bofetada, no la habría dejado más aturdida. Una mezcla de ira y dolor le revolvió el estómago. Estaba dándole puerta, tirándole dinero a la cara para comprar su silencio. O peor aún, la estaba tratando como si no hubiese sido para él más que un capricho pasajero, como un error que tenía que apresurarse a borrar y olvidar. Con las mejillas encendidas y una asfixiante sensación de bochorno, las palabras brotaron de su garganta como un torrente.

–¿Que he hecho un buen trabajo? ¿Dónde, en el castillo, o aquí? –casi le gritó, señalando la cama deshecha.

–Estás volviendo a poner en mi boca palabras que yo no he dicho.

–No hace falta, lo has dejado bien claro –le espetó ella. No le dio tiempo a responder, sino que siguió hablando, arrastrada por la ira–. Aunque sea tu empleada, no soy una sirvienta a la que hay que mandar lejos porque intimó demasiado con el señor de la casa.

–¿De qué diablos estás hablando? –le preguntó él con el ceño fruncido–. Te repito que no tiene nada que ver con que nos hayamos acostado.

–¡Ya lo creo que sí! –le gritó ella–. ¡Seamos sinceros al menos!

–Muy bien, pues dime por qué te has tomado como un insulto que te dé un aumento de sueldo y que te diga que vuelvas a casa.

–Lo sabes muy bien –le espetó ella. Apartó de un puntapié la colcha que arrastraba y dio un paso hacia él–. Has decidido deshacerte de mí lo más rápido posible. Y encima se supone que tengo que estar agradecida por ese aumento que me has puesto delante, como cuando a un burro se le cuelga una zanahoria de un palo para que ande.

–Si no quieres ese maldito aumento, no tienes por qué aceptarlo –le dijo él, sosteniéndole la mirada–. Y por supuesto que no eres una sirvienta. Acostarnos ha sido un error, y los dos lo sabíamos. Aine, solo intento hacer lo mejor para ambos.

¿Cómo podía ser que los ojos de Brady, en los que hacía solo unos minutos había visto el fuego de la pasión, se hubieran tornado tan fríos? ¿Y cómo podía ser que de repente se sintiera tan sola delante del hombre al que amaba?

–Si te calmas y piensa un poco –le dijo él con aspereza–, comprenderás que es la única solución. De todos modos no ibas a quedarte aquí, y que permanecieras aquí más tiempo después de lo de esta noche sería... incómodo.

–Ya veo –murmuró ella–. Tenerme aquí es un problema para ti, ¿no? Sobre todo si ya tienes en mente quién será la próxima mujer a la que te llevarás a la cama.

Brady resopló y se frotó el rostro con ambas manos.

–Esto no tiene nada que ver con el sexo. No hay ninguna otra mujer, y no te estoy arrojando a una mazmorra, por amor de Dios, te estoy enviando a tu hogar, al hogar que dices que echas de menos.

–Claro, claro... Seguro que me sentiré agradecida en cuanto me calme y piense un poco.

Brady contrajo el rostro al oírle devolverle sus palabras. Cuando alargó una mano hacia ella, Aine dio un paso atrás.

–Así que estamos igual que después del primer beso: eres tú quien decide qué es lo correcto.

–¿Pretendes convencerme de que esto no ha sido un error? –le preguntó él.

–No pretendo convencerte nada –replicó ella en un tono quedo. Para ella no había sido un error, sino una revelación. Había sentido que por fin había encontrado el amor, pero de repente el hombre del que se había enamorado estaba mirándola como si se arrepintiese incluso de haberla conocido–. ¿De qué serviría?

–Aine...

–Márchate, por favor –le suplicó. Quería... no, necesitaba estar sola. No podía soportar la idea de que la viera llorar, y estaba a un paso de que se le saltaran las lágrimas–. Volveré a Irlanda, te enviaré informes sobre el progreso de las obras en el castillo, y me ganaré cada penique de ese aumento que me has ofrecido.

–Y si estás embarazada, me lo dirás.

La voz de Brady sonó tan distante como la luna. Era como si ya hubiese abandonado la habitación.

–Lo haré.

No, no lo haría. Brady le había dejado bien claro que no tenía el menor interés en ella, así que… ¿por qué iba a importarle un bebé que pudiera nacer de su vientre? No, cuando se fuera de allí pondría un punto y final a aquello.

Sin decir nada más, Brady recogió el resto de su ropa del suelo. Ella lo siguió con la mirada, también en silencio, hasta que se marchó y cerró la puerta tras de sí, dejándola sola, en la penumbra. Aine esperaba que acudieran lágrimas a sus ojos, pero ni una sola afloró. Era como si sus ojos se hubieran quedado congelados, igual que su corazón.

Capítulo Ocho

Cinco meses después

–¿Cuánto tiempo vas a estar en Irlanda?

Brady miró a Mike y se encogió de hombros.

–En principio no demasiado. Solo quiero comprobar cómo van las obras.

–Ya.

Mike se echó hacia atrás en su asiento y subió los pies al escritorio de Brady, cruzándolos.

Brady reprimió un suspiro impaciente. Habían pasado cinco meses desde la última vez que había visto a Aine. Cinco meses de mensajes por correo electrónico y breves y tensas conversaciones por teléfono una vez por semana.

Tal y como le había prometido, estaba manteniéndolo al corriente del progreso de las reformas, y según ella dentro del calendario previsto, así que en realidad no había motivo para que fuese a Irlanda, y Mike lo sabía. Por eso estaba picándolo.

–Es un viaje de negocios –insistió él. Apiló en un montón los papeles que quedaban sobre su mesa y los guardó en un cajón–. Eso es todo.

–Ya –repitió Mike–. Y eso lo dice alguien que hace unos meses dijo que bastaba con los vídeos del castillo de la página web, que no hacía falta ir a verlo en persona.

—Eso fue antes de que empezaran las reformas —replicó Brady.

—¿Te ha dicho Aine que hubiera algún problema?

—No.

De hecho, nunca le decía demasiado, añadió irritado para sus adentros. Los mensajes que le mandaba por correo electrónico no solían constar más que de una o dos frases. Y sí, lo llamaba sin falta una vez por semana, pero su voz sonaba fría y tensa.

El recuerdo de la última noche que habían pasado juntos lo asaltó de improviso, y podía ver a Aine en su mente con tanta claridad como si estuviera allí, en su despacho, en ese momento: envuelta en la colcha, mirándolo aturdida con los ojos muy abiertos, llenos de dolor, y el cabello revuelto.

A partir de ahí todo había ido cuesta abajo. A la mañana siguiente había ido a sus oficinas, se había despedido de todo el mundo, y esa tarde había tomado un vuelo de regreso a Irlanda.

Luego, unas semanas después, la había llamado para preguntarle si estaba embarazada, y ella le había dicho que no tenía nada por lo que preocuparse. En cierto modo se había sentido decepcionado. Si se hubiera quedado embarazada habría tenido una excusa para volver a verla. Pero era mejor así, porque no sabía nada de niños, ni habría sabido cómo ser un buen padre. ¿Cómo podría saberlo cuando él no lo había tenido?

—Así que vas a subirte a un avión y a volar miles de kilómetros aunque no hay ningún problema —apuntó Mike con una sonrisa divertida—. ¿Por qué no admites de una vez que la echas de menos?

Porque no la echaba de menos; eso era ridículo.

Nunca intimaba tanto con una mujer como para echarla de menos cuando se acababa. Y si no había estado con ninguna otra desde que Aine se había ido, era simplemente porque estaba muy ocupado.

No, no la echaba de menos. Lo único que necesitaba era volver a verla para hablar las cosas con ella, despedirse como adultos civilizados y marcharse con la conciencia tranquila. No quería que siguiera atormentándolo el recuerdo de su expresión herida. Solo era eso, nada más: cerrar un capítulo, pasar página.

—No es un crimen echar de menos a una mujer, ¿sabes? —añadió Mike.

Brady lo miró irritado.

—No la echo de menos; hablo con ella una vez a la semana. Además, es una empleada —razonó en voz alta—. Solo voy a ver cómo van las obras. No es más que trabajo, Mike.

Su amigo resopló, bajó los pies al suelo y se levantó.

—Si de verdad te crees lo que estás diciendo —murmuró, metiéndose las manos en los bolsillos—, me parece bastante triste —se dio la vuelta y se dirigió hacia la puerta. Al llegar a ella se detuvo, giró la cabeza y añadió—: Yo creo que te estás engañando a ti mismo.

Aunque estaba mucho más tranquila desde que se había mudado a una de las habitaciones del castillo, y volvía a tener independencia y su propio espacio, Aine quería muchísimo a su madre y a su hermano.

La habían apoyado incondicionalmente desde que había vuelto, con el corazón hecho pedazos. El dolor aún la acompañaba, pero el trabajo la mantenía ocupada, y la mayor parte del tiempo conseguía relegar a Brady a un rincón de su mente.

Solo por las noches le resultaba imposible escapar de su recuerdo, y cuando no podía dormir se levantaba y recorría el castillo. Tenía que admitir, a su pesar, que era maravilloso lo que se estaba consiguiendo allí gracias a Celtic Knot.

Eran muchos los cambios que se estaban haciendo, algunos sutiles, otros extravagantes, pero la esencia del castillo no había perdido ni un ápice de su fuerza, y era para ella como un recordatorio de que, fueran cuales fueran los cambios a los que tendría que enfrentarse en los próximos meses, los superaría.

–Pero no te tomes eso por donde no es, cariño –dijo bajando la vista y acariciándose el vientre hinchado–. Tú eres un cambio que estoy deseando que llegue a mi vida.

Embarazada de cinco meses y soltera. Mucha gente pensaría que debería estar aterrada, pero no lo estaba. Bueno, le preocupaba un poco el futuro, lógicamente, porque asustaba un poco la idea de ser madre soltera, pero se las arreglaría. Y le daba igual que la gente del pueblo chismorreara un poco. Su familia la quería, tenía un buen trabajo, un sitio donde vivir, y dentro de unos meses traería al mundo a un pequeño que, aunque fuera un pobre consuelo, sería un vínculo con el hombre al que había amado… y perdido.

Aine se arrebujó en el ancho suéter que llevaba y metió las manos en los bolsillos del pantalón de punto mientras bajaba al piso inferior, donde los albañiles estaban haciendo un ruido infernal.

¿Por qué el hombre del que se había enamorado tenía que ser precisamente el hombre al que jamás podría tener?, se preguntó con un suspiro. ¿Y por qué ese empeño en alejarse de ella y cerrarse a cualquier relación auténtica?

Por eso no le había dicho lo del bebé. Estaba tan convencido de que no necesitaba a nadie, que estaba segura de que no querría ser el padre de su hijo. Si supiese que estaba embarazada le faltaría tiempo para hacer «lo correcto», eso por descontado, ofreciéndose a pagarle una pensión y todo eso. Pero ella no quería su caridad; si no podía darles su amor, no había nada que él pudiera darles que su bebé y ella necesitasen.

–Aine, preciosa –la llamó Danny Leary al verla entrar en el salón del banquete–, ¿has ido ya a las cocinas?

Danny, que tenía el cabello gris y unos sagaces ojos azules, era un hombre fuerte como un oso pero amable como un corderito, y había sido uno de los mejores amigos de su padre.

–No. ¿Por qué?

–Porque hay una decisión importante que tomar allí –le dijo Danny pasándose de una mano a otra el martillo que sostenía–. Ha llegado la nueva cocina y es demasiado ancha como para que quepa entre los muebles.

Aine suspiró. Otro problema…

–¿Quién tomó las medidas?

–Lo hice yo, y estaban bien, pero la compañía de electrodomésticos ha cometido un error al enviárnosla –le explicó Danny sacudiendo la cabeza–. Así que tenemos dos opciones: podemos decirles que se la lleven y nos manden la que tiene las medidas correctas, pero eso nos retrasará porque tendremos que posponer la pintura, además de colocar las nuevas encimeras y el nuevo suelo.

–¿Y cuál es la otra opción?

–Si quitamos uno de los módulos de abajo la cocina entrará en el hueco como si estuviese hecho a medida para ella. Además, esta tiene dos quemadores más que la que pedimos. No hay mal que por bien no venga.

–Pues confiaré en ti; nos la quedamos –dijo Aine, tomando la decisión sobre la marcha.

–¡Esa es mi chica! –dijo Danny, guiñándole un ojo–. Bueno, y hay algo más: han vuelto a retrasar la entrega de las tejas de pizarra para el tejado.

A Aine se le cayó el alma a los pies. Llevaban meses esperando esas tejas… Habían tenido que pedir que las hicieran expresamente para mantener el aspecto medieval del castillo. Aquel nuevo retraso implicaba que tendrían que posponer las reformas de las habitaciones del piso de arriba. No tenía sentido arreglar los suelos y las paredes para que, cuando hubiera una tormenta, se colara la lluvia por las goteras del tejado y volviera a estropearse todo.

–Volveré a llamarlos.

–Bien. Y ya de paso llama también a los que tienen que traer las losas para los jardines. Un par de cajas llegaron rotas y tienen que reemplazarlas.

–¡Por amor de Dios! –masculló Aine, sacando su móvil del bolsillo.

Sin embargo, Danny no había terminado.

–Y luego, si tienes un momento, Kevin necesita que le digas de qué color tiene que pintar los lavabos del vestíbulo.

Aine asintió y se dirigió hacia allí. Se sentía como si cada día caminara varios kilómetros yendo de una punta a otra del castillo.

Las reformas en el salón del banquete casi estaban terminadas. Se habían colgado los tapices, se había colocado el nuevo y enorme frontal de la chimenea y tres mesas larguísimas de madera con bancos. Las ventanas emplomadas dejaban pasar los rayos del sol que asomaban entre las nubes tras la tormenta, y los suelos estaban recién acuchillados y barnizados. Y los murales del gran salón parecían sacados de otro mundo, sí, pero tenía que reconocer que eran muy artísticos.

No debería haberse preocupado tanto por eso. Tendría que acordarse, cuando llamase a Brady al día siguiente, que tenía razón, que no desentonaban.

Hablar con él cada semana se le estaba haciendo cada vez más difícil, porque a medida que el bebé crecía y empezaba a moverse más dentro de ella, se sentía más culpable por no habérselo dicho.

La carretera era tan estrecha, que si apareciese un coche en la dirección contraria, pensó Brady, acabarían chocándose. No había suficiente espacio para hacerse a un lado. Y los arbustos de los que le había hablado Aine crecían tan cerca de la carretera que rozaban constantemente la carrocería del pequeño coche que había alquilado.

Comprobó el GPS en su móvil; estaba a menos de veinte minutos del castillo. Un cosquilleo impaciente le recorrió, y no porque tuviera algún interés en el castillo, sino porque pronto vería a Aine y zanjaría aquel asunto.

Había creído que mandándola a casa conseguiría sacársela de la cabeza, pero había ocurrido justo lo contrario. Aquel viaje lo solucionaría, se demostraría a sí mismo que no era más que otra mujer, de las muchas que había en el mundo, y entonces podría volver a su vida y dejarla atrás.

En ese momento el coche coronó una colina, y fue como si todos los tópicos de Irlanda apareciesen ante él: un ancho valle tan verde que casi hacía daño a la vista, cercados de piedra, unas cuantas casas dispersas, vacas y ovejas pastando... Los rayos del sol atravesaban los nubarrones que se alejaban por un cielo tan azul como le había dicho Aine, y en el horizonte se veía el mar, que brillaba como un zafiro.

Brady vio la imponente sombra del castillo en la lejanía. Unos minutos después estaba cruzando las altas puertas de la reja de entrada. A la derecha estaba la casita de invitados donde vivía la familia de Aine, y estuvo a punto de detenerse, pero decidió que sería mejor ir primero al castillo y encontrarla.

La verdad era que el castillo era ciertamente impresionante, pensó mientras aparcaba en el patio frente al edificio de tres plantas construido en piedra gris. El viento, tan fresco que no parecía que fuera agosto, agitó las copas de los ancianos robles que se alzaban frente al castillo, llevando consigo el aroma del mar.

Aunque había visto fotos y vídeos, en la realidad todo aquello era mucho más bonito, pensó girando para mirar a su alrededor. De repente oyó abrirse el portón a sus espaldas y al volverse vio a un hombre corpulento de pelo cano y ojos azules que lo miraba ceñudo.

—Así que por fin se ha decidido a venir —dijo sacudiendo la cabeza hacia él—. Pues ya iba siendo hora.

—¿Perdón?

–No es a mí a quien tiene que pedirle perdón.

–¿De qué habla? –inquirió Brady irritado.

–Le estoy hablando, de hombre a hombre, de lo que es decente. Es Brady Finn, ¿no? –el hombre bajó la escalinata como un toro dispuesto a embestir a un intruso–. Conozco su cara por las fotos que vi en el periódico.

Brady se cruzó de brazos.

–¿Quién es usted?

–Danny Leary –respondió el tipo sin ofrecerle su mano–. Soy el capataz.

–Ah, sí, Aine me habló de usted.

–Ya, pues de usted también nos ha hablado, Brady Finn, y como he dicho ya iba siendo hora de que apareciera –gruñó Danny, poniendo los brazos en jarras–. Como su padre, que Dios lo tenga en su gloria, era mi amigo, le diré lo que le habría dicho él: ha tardado demasiado en venir, pero ya que está aquí resolveremos esto de una vez por todas.

–¿Resolver qué? –preguntó Brady sin comprender. Estaba cansado, tenía hambre, y no estaba de humor para adivinanzas.

El hombre no respondió, sino que se limitó a decirle:

–Sígame.

Se dio la vuelta y subió la escalinata sin molestarse en ver si iba tras él o no. Brady lo siguió dentro del castillo. Había un ruido tremendo: martillazos, taladradoras, obreros hablando a gritos unos con otros…

Los muros estaban adornados con gallardetes, tapices y espadas. A la derecha había una escalera, cuyos escalones de piedra estaban parcialmente cubiertos por una alfombra de escalera de un color rojo oscuro. El pasamanos de madera, labrado con intrincados arabescos, relucía con la luz que se filtraba por las ventanas emplomadas.

–¡Aine! –exclamó Danny, alejándose hacia una puerta abierta al fondo–. ¿Qué haces ahí subida, muchacha? No deberías hacer esas cosas.

Brady lo siguió, y entró en lo que parecía el salón del banquete. Paseó la vista por la inmensa estancia, que era justo como la había imaginado.

–Ten cuidado al bajar –estaba diciendo Danny.

Estaba en el otro extremo del salón, y Aine, de espaldas a él, estaba encaramada en una escalera de mano.

–Estoy bien, Danny, no tienes por qué preocuparte –replicó ella riéndose–. Solo estaba poniendo una bombilla nueva en este candelabro.

Brady los observó mientras Danny la ayudaba a bajar los últimos peldaños.

–¿Que no me preocupe? –la increpó el hombre–. ¿Cuando no tienes el sentido común de saber que una embarazada no debe subirse a una escalera?

Brady se sintió como si lo hubiesen dejado sin aliento de un puñetazo en el estómago.

–¡¿Embarazada?! –exclamó.

Aine se había puesto pálida y estaba mirándolo con unos ojos como platos, pero lo único que podía ver Brady en ese momento era su vientre hinchado bajo el suéter de punto que llevaba.

–¿Brady? ¿Qué estás haciendo aquí?

–¿Estás embarazada? Aine, ¿qué diablos…?

–¿No lo sabía? –casi rugió Danny, mirando a Aine–. ¿Se lo has ocultado todo este tiempo?

–No, no lo sabía –dijo Brady, contestando su pregunta–. No se molestó en decírmelo.

Aine tuvo la decencia de sonrojarse y bajar la vista, pero Brady sintió cómo la sangre le hervía en las venas.

–¿Cómo has podido no decirle que iba a ser padre? –le preguntó Danny a Aine.

Ella le lanzó una mirada y le espetó:

–Tengo mis razones.

–Y estoy seguro de que son buenas razones –gruñó Brady con sorna–. Estoy impaciente por oírlas.

–Yo también querría oírlas –dijo Danny, cruzándose de brazos.

–¿A qué ibas a esperar, Aine? –le preguntó Brady, dando un paso hacia ellos–. ¿A pedirme dinero cuando quiera ir a la universidad?

Fuera del salón el ruido de martillazos y voces fue disminuyendo poco a poco.

Aine dejó escapar un gemido ahogado y lo miró furiosa.

–¿Acaso te pedí yo algo cuando me fui? –le espetó indignada–. ¿Cómo puedes decir que acudiría a ti para pedirte dinero?

–Sí, eso ha sido un poco duro –intervino Danny.

Brady no estaba escuchándolo.

–¿Y qué se supone que tenía que pensar?

Aine lo miró con los ojos entornados y sus pálidas mejillas se encendieron de ira.

–¿Cómo te atreves? No te he dado razón alguna para que cuestiones mi honestidad.

–Pues yo diría que tengo como cinco meses de razones –contestó él, señalando su vientre hinchado con un ademán.

–Bueno, en eso tiene razón, preciosa –dijo Danny.

Todo el ruido había parado fuera del salón; de pronto había tal silencio que podría oírse un alfiler al caer al suelo.

Padre… Iba a ser padre… Brady era incapaz de ordenar sus pensamientos con las emociones contradictorias que lo embargaban.

De pronto el salón empezó a llenarse de curiosos. Los hombres que estaban trabajando en el vestíbulo se habían acercado, intrigados por los gritos. Se quedaron a la entrada, formando un semicírculo, como esperando a que continuara la discusión, y fue entonces cuando Brady se dio cuenta de que estaban discutiendo en público un asunto muy privado.

–Bueno, el espectáculo ha terminado –anunció en voz alta–. Vuelvan al trabajo.

–¿Y quién es este para darnos órdenes? –siseó alguien.

–Es el jefe, Jack Dooley –respondió Danny–. Y tiene razón; venga, todos a lo vuestro.

Le guiñó un ojo a Brady y siguió fuera a los demás.

Brady fue junto a Aine y la agarró del brazo, diciendo:

–Terminaremos de hablar esto en privado.

Ella se soltó, beligerante, y le espetó:

–No hay nada más de que hablar.

Brady soltó una risa seca.

–¿No lo dirás en serio?

–Está bien, subiremos a mi habitación.

–¿A tu habitación? Creía que vivías en la casita de invitados.

–Me mudé aquí hace unos meses, para poder estar

más pendiente de todo –respondió, y pasó por delante de él sin mirarle y con aire ofendido.

Mientras caminaban por un largo corredor, sus pasos resonaban en el silencio.

–Como habrás visto, las reformas del piso de abajo están muy avanzadas –le dijo Aine en un tono monocorde, como una guía turística hastiada de la rutina de su trabajo–. En el segundo piso también están casi terminadas, pero el piso superior es harina de otro costal –añadió cuando empezaron a subir la escalera.

Brady apenas estaba escuchándola. A pesar de su enfado, no podía evitar que lo distrajera el contoneo de las caderas de Aine, que iba subiendo delante de él. Apretó los dientes y, al apartar la vista, se fijó en algunas cosas. Habían llegado al rellano del segundo piso. Una alfombra roja recorría el pasillo que se abría ante ellos, iluminado por candelabros de peltre. De las paredes colgaban cuadros inspirados en Fate Castle, su videojuego.

–Está quedando bien –admitió a regañadientes.

–Es verdad –asintió ella. Lo condujo hasta el final del pasillo y abrió una puerta a mano derecha–. Pasa, es aquí.

Era una habitación grande, pero muy acogedora. Había un asiento en la ventana, y también una chimenea con dos pequeños sillones orejeros frente a ella. La cama era de dosel, y a sus pies había un arcón enorme de madera.

Brady fue hasta la ventana y apartó las cortinas para mirar fuera. Abajo, en los jardines, se veía lo que parecía un laberinto. La verdad era que le daba igual la vista; solo se había acercado a la ventana para intentar controlar su enfado. Pero no estaba funcionando, así que se volvió hacia Aine.

–Deberías haberme dicho que ibas a venir –le dijo ella de sopetón, cruzando los brazos.

Brady frunció el ceño.

–¿Para qué?, ¿para que ya te hubieras ido cuando llegara aquí?

–No –replicó ella alzando la barbilla–. Este es mi hogar, no me habría ido a ninguna parte. Pero al menos habría estado preparada para…

–¿Para decirme más mentiras? –la interrumpió él.

–Yo no te he mentido –se defendió ella.

Brady se acercó tanto que Aine se vio obligada a levantar un poco la cabeza para mirarlo a los ojos.

–Cuando te pregunté si estabas embarazada, ¿qué dijiste?

–Que no tenías nada de lo que preocuparte –contestó ella con aspereza, apartándose de él–. Y es la verdad; no tienes que preocuparte de mi bebé.

–Nuestro bebé, Aine –le espetó él.

El solo decir esas palabras hizo que un cosquilleo lo recorriera.

–Tú no quieres a ese niño, y yo sí.

–¿Niño?

Aine suspiró y dejó caer los hombros.

–Sí, es un niño.

Un niño… Iba a tener un hijo… Por alguna razón el saber el sexo del bebé hizo que de repente le pareciera más real.

–¿Y el embarazo está yendo bien?, ¿está sano?

–Sí –murmuró ella, poniendo una mano protectora en el vientre.

Cinco meses, pensó Brady, llevaba embarazada cinco meses, y seguramente había estado planeando un futuro para su hijo, el hijo de ambos, sin él.

–Tenía derecho a saberlo, Aine.

–Solo me habrías ofrecido dinero.

Dolido, probablemente porque tenía razón, le dijo:

–Eso no lo sabes.

–¿Ah, no? Cuando tenías tanta prisa por deshacerte de mí, lo primero que se te ocurrió fue ofrecerme un aumento.

Brady apretó los dientes lleno de frustración. Sí, tenía razón, pero eso no negaba el hecho de que ella no había obrado bien, y que no tenía ninguna excusa para lo que había hecho.

Hasta entonces nunca se le había pasado por la cabeza la idea de ser padre, pero en ese momento, al tener que afrontar el hecho de que iba a tener un hijo, tuvo que admitir para sus adentros que el cosquilleo que recorría su cuerpo no se debía a la ira. Por primera vez iba a ser parte de algo, y no iba a permitir que Aine lo excluyera de la vida de su hijo.

–Me lo dejaste muy claro en California, Brady –le dijo Aine–. No querías nada conmigo, así que... ¿por qué tendría que haber pensado que querrías algo con mi hijo?

–Nuestro hijo –la corrigió él de nuevo–. También es mío.

–Mira, Brady, no sé qué es lo que quieres de mí.

–Quiero poder conocer a mi hijo –le espetó él–. Y quiero que él me conozca a mí. No dejaré que mi hijo crezca sin saber dónde está su padre, que crezca preguntándose qué había de malo en él para que su padre no se quedara a su lado, o por qué...

Se quedó callado, espantado por cómo las palabras habían brotado sin control de sus labios. No había hablado a nadie de su infancia. Ni siquiera los hermanos Ryan conocían toda la historia, y ni muerto se la contaría a la mujer que le había mentido, que estaba ahí plantada, mirándolo entre curiosa y preocupada.

–¿Por qué iba a pensar eso? –preguntó en tono quedo.

–No lo hará; jamás tendrá que preguntárselo –le aseguró Brady–. Tenemos mucho de lo que hablar.

Aine suspiró.

–Sí, supongo que sí –dijo, y fue hacia un rincón de la habitación–. ¿Te apetece una taza de té?

–¿Ahora vamos a comportarnos como dos personas civilizadas? –le preguntó él con sorna.

Aine le lanzó una mirada.

–Al menos podemos intentarlo.

–De acuerdo. Venga esa taza de té.

Al fin y al cabo nada le serviría permanecer enfadado. Aine tendría que aceptar que no iba a ir a ninguna parte. No hasta que acordaran cómo iban a manejar todo aquello.

–Entonces, ¿las reformas van bien? –le preguntó él, por empezar con algo intrascendente, cuando se sentaron a tomar el té.

Ella asintió.

–Sí, como te he dicho hemos avanzado mucho, aunque nos hemos topado con un bache o dos.

–¿Qué clase de baches?

–Hay algunos materiales que aún no nos han llegado y otros con los que los proveedores se han equivocado, pero estamos en ello.

Brady dejó su taza en el platillo y frunció el ceño.

–No me habías dicho nada de eso.

–¿Qué podías hacer tú desde California?

–Podía haber hecho un par de llamadas.

–Igual que yo –apuntó ella–. Y es lo que he hecho. Es mi trabajo, ¿no? Nuestra preocupación más urgente ahora mismo son las tejas de pizarra. Han vuelto a retrasar la entrega, y si hay una tormenta…

–Mañana mismo hablaré con el proveedor.

–No necesito que me ayudes a hacer mi trabajo, igual que no necesito que me ayudes a criar a mi hijo –le espetó ella, molesta.

–En cuanto al bebé, aún no sabes qué necesitarás –replicó él–. Y en cuanto a lo otro, ahora este es mi castillo. Llamaré al proveedor y haré que traigan esas condenadas tejas.

Aine tomó un sorbo de té y apartó la vista.

–Tu presencia aquí no hace sino complicar las cosas, Brady –murmuró–. Puedes quedarte a dormir en el hotel y revisar todo lo que quieras en el castillo –se volvió hacia él–, pero… por el bien de los dos deberías irte.

De pronto Brady comprendió cómo debía haberse sentido cuando le había dicho que se volviera a Irlanda. La diferencia estaba en que él no tenía intención de marcharse.

Tomó su taza y deseó que en vez de té fuera café. O mejor, whisky irlandés. La miró a los ojos, y le dijo con firmeza:

–No pienso irme a ninguna parte, así que, yo que tú, me iría haciendo a la idea.

Capítulo Nueve

A la mañana siguiente Aine ya estaba levantada y fuera del castillo bien temprano. Sí, era cobarde por su parte haber salido para evitar a Brady, pero es que no podría soportar otra discusión sobre el bebé. Y sabía que ir a ver a su madre no evitaría la siguiente confrontación, sino que solo la pospondría, pero necesitaba un poco de espacio para poder pensar.

–Está enfadado –le dijo Aine a su madre, mientras se tomaban una taza de té, sentadas en la mesa de la cocina.

–Normal que lo esté –respondió Molly–. Acaba de descubrir que va a ser padre, y que durante todos estos meses se lo has ocultado. Deberías habérselo dicho, cariño –dijo alargando una mano para acariciar el cabello de su hija–. Tenía derecho a saberlo.

–Tal vez –admitió Aine, recordando la cara que había puesto Brady el día anterior, al ver su vientre hinchado.

Molly empujó un plato de galletas hacia su hija.

–Anda, tómate una para matar el hambre hasta que prepare el desayuno.

Aine obedeció, pero estaba tan cansada que casi no podía masticar. No había dormido en toda la noche. Claro que… ¿cómo podría haber pegado ojo cuando Brady estaba en otra habitación al principio del pasillo? Echarlo de menos todos esos meses, cuando los había separado un océano, había sido muy duro para ella, pero saber que estaba allí, en Irlanda, a diez metros de ella, y que nunca sería suyo, era aún peor.

–¿Qué debo hacer, mamá?

Molly le dio unas palmaditas en la mano y respondió:

–Lo que te diga el corazón; así nunca te equivocarás.

Aine bajó la vista a su vientre y lo acarició.

–No sé, hace cinco meses le hice caso y…

–Escucha a tu corazón –insistió su madre–. Todo se arreglará. Antes o después ese Brady Finn abrirá los ojos y se dará cuenta de que estáis hechos el uno para el otro.

Mientras que Robbie, al enterarse de que Brady la había dejado embarazada se había puesto furioso, su madre la había apoyado desde el primer momento, sin dejarle entrever siquiera el más mínimo atisbo de que la hubiera decepcionado.

Pero su madre era una romántica incorregible, y Aine sabía que Brady nunca querría tener una relación seria con ella, una simple empleada. Los hombres ricos jamás se casaban con mujeres como ella. Lo único que lo movía, ahora que sabía que estaba embarazada, era su sentido del deber.

–Mamá, tú no lo conoces. Solo nos ve al bebé y a mí como una carga de la que debe ocuparse, una deuda que saldar.

–El deber no anda muy lejos del amor –dijo Molly–. Puede que lo mueva el sentido del deber, pero si no reconociese que tiene una obligación moral para con el hijo que ha concebido contigo, imagino que tú no querrías nada con él, ¿no?

–Supongo que no –admitió Aine, que no lo había visto desde ese punto de vista.

El que Brady quisiese hacer lo correcto decía de él que era un buen hombre. Si no le importara nada el bebé, se habría marchado en cuanto se hubiera enterado de que estaba embarazada.

–Es igual; no quiere nada conmigo –insistió, rodeando la taza de té con sus manos–. Después de la noche que pasamos juntos estaba ansioso por perderme de vista.

–Pero ahora está aquí, en Irlanda –apuntó su madre.

Aine sacudió la cabeza.

–Solo ha venido a ver cómo van las reformas.

Molly resopló y le dio una palmada a su hija en la mano.

–¿Eso crees? En todos estos meses no había asomado la cabeza por aquí. Compró el castillo con sus socios sin venir a verlo en persona, y dio el visto bueno a unas reformas costosísimas sin haber visto en persona los daños del edificio. No sé, yo no me creo que de repente le haya entrado una urgencia tremenda por verlo.

La esperanza era algo muy peligroso, porque si al cabo quedaba en nada, uno podía acabar con el corazón hecho añicos, pero Aine no pudo evitar abrigar una pequeña esperanza al oír las palabras de su madre.

–¿Tú le quieres? –le preguntó su madre suavemente.

–Sé que soy una tonta, pero sí, le quiero.

–Por amor todos hacemos tonterías –le dijo su madre–. Y cuando quieres a una persona, sientes que no puedes darte por vencida.

Cuando su madre se levantó y empezó a sacar las cosas para preparar el desayuno, Aine suspiró y paseó la mirada por la cocina, que tenía unos cuantos desperfectos, igual que el resto de la casa. Se preguntó si Brady dejaría que su madre y su hermano siguieran viviendo allí. ¿Y si decidiese que quería alquilar también la casita a visitantes del castillo? El estómago se le encogió. ¿Qué sería entonces de su familia? Su madre no podía permitirse pagar un alquiler más alto, y con el bebé en camino ella no podría ayudarles.

De pronto llamaron a la puerta.

–¿Quién puede ser a estas horas? –murmuró su madre antes de ir a abrir.

Aine tomó otra galleta, e iba a darle un mordisco cuando oyó la voz de Brady. Soltó la galleta y al salir al salón lo encontró estrechándole la mano a su madre en el umbral de la puerta.

–Soy Brady Finn, señora Donovan, el padre de su futuro nieto.

Aine no pudo evitar fijarse en lo guapo que estaba, con el cabello algo despeinado, una chaqueta de cuero negro, una camiseta, vaqueros y botas, pero eso la irritó aún más. ¿Qué estaba haciendo allí?

Su madre le lanzó una mirada antes de sonreír a Brady y decirle:

–¡Qué sorpresa! No le esperábamos.

–¿A qué has venido? –le preguntó Aine.

–A conocer a tu familia –respondió él, como si fuese evidente, y ella tuviese que haberlo imaginado.

Se hizo un silencio incómodo.

–Estaba preparando el desayuno –dijo Molly–. Pase a la cocina, puede unirse a nosotros.

–Gracias.

Brady dirigió a Aine una media sonrisa y siguió a su madre. Aine suspiró exasperada y cerró los ojos y apretó los puños un momento antes de ir tras ellos. Cuando entró en la cocina Brady ya se había sentado a la mesa y su madre estaba friendo salchichas y beicon en una sartén.

–Eso huele de maravilla –dijo Brady, posando sus ojos en Aine.

–Hija, saca otra taza y sírvele un poco de té –dijo Molly.

A Aine no se le escapó el brillo divertido que relumbró en los ojos azules de Brady. Mientras le servía el té, volvió a preguntarse por qué estaría haciendo todo aquello. Lo del deber podía entenderlo, pero… ¿por qué seguía allí cuando le había dicho que no quería ni necesitaba su dinero? ¿Y para qué quería conocer a su familia?, ¿para que les quedara claro que el bebé también era de él?

–¿Cuánto hace que viven aquí, señora Donovan? –preguntó Brady a su madre, que estaba batiendo unos huevos en un bol.

–Puede llamarme Molly. De hecho, creo que debemos dejarnos de formalidades y tutearnos. Ahora somos familia, ¿no?

Él sonrió, y Aine se preguntó si su madre no estaría siendo tan simpática con él a propósito.

–Mamá, no es de la familia.

–Pues si el padre de mi nieto no es de la familia, no sé qué va a ser si no –replicó su madre–. Respondiendo a tu pregunta, Brady, llevamos cinco años viviendo aquí, desde que perdí a mi marido.

Él dejó la taza en el platillo y asintió.

—Aine me lo contó; lo siento mucho.

—Gracias —Molly esbozó una sonrisa y parpadeó para contener las lágrimas que acudieron a sus ojos al recordar al hombre al que aún amaba y añoraba—. Esta casita fue una bendición para nosotros. Robbie aún era un chiquillo, y como Aine estaba trabajando aquí, en el castillo…

Aine observó a Brady mientras su madre continuaba hablando, escuchaba con atención, y se le veía tan cómodo en la destartalada cocina como en la lujosa suite de hotel en la que vivía. Viéndolo allí sentado nadie lo tomaría por un multimillonario.

De pronto se oyeron pasos bajando las escaleras y entró Robbie, que se quedó en el umbral de la cocina con las facciones contraídas de ira contenida. Dio un paso adelante, y preguntó a su hermana con los puños apretados:

—¿Es él?

Aine se levantó y le puso una mano en el brazo para apaciguarlo. Todavía se le hacía raro que Robbie estuviese a punto de cumplir los dieciocho, y que ya fuese más alto que ella.

—Soy Brady Finn —dijo Brady levantándose y tendiéndole la mano—. Y tú debes de ser Robbie.

—Lo soy —respondió el chico.

Sacudió la cabeza para apartar un mechón de su frente, y desafió a Brady con la mirada mientras tomaba su mano con fuerza. Se hizo un tenso silencio, y Aine y su madre miraron a uno y a otro, temiendo lo que pudiera pasar.

—Has venido a ver a mi hermana. ¿Por qué?

–Robbie –intervino Aine–, no…

–A mí también me gustaría oír su respuesta –la interrumpió Molly.

Brady soltó la mano del muchacho y lo miró a los ojos, con respeto, tratándolo de igual a igual.

–No sabía lo del bebé –le explicó–. Si no, habría venido mucho antes.

Aine sentía vergüenza por haberle mentido, pero no podía volver atrás en el tiempo y deshacer el entuerto.

Robbie permaneció callado, esperando a que Brady continuara.

–He estado pensando mucho desde que me enteré al llegar aquí –dijo Brady mirándolos a los tres–, y creo que he dado con la solución: Aine y yo nos casaremos.

–¡Maravilloso! –exclamó Molly, uniendo las manos.

–Bien –dijo Robbie.

–No, no lo haremos –replicó Aine.

A Brady no le sorprendió su respuesta. Al fin y al cabo, no era que tuviera precisamente madera de esposo ni de padre.

Nunca había tenido a nadie que dependiera de él. Siempre había estado solo, y así era como se sentía más cómodo. Hasta que había conocido a Aine. Cuando había regresado a Irlanda, la soledad que tanto había valorado hasta entonces, de repente le resultaba incómoda. Había echado de menos la risa de Aine, sus conversaciones con ella, su compañía…

Y ahora había un bebé en su vientre al que los dos le habían dado la vida, y no iba a fallarle a ese niño. Si había algo que podía hacer por su hijo, era casarse con su madre y asegurarse de que nunca les faltaría nada.

—No lo dice en serio —murmuró Aine, sacudiendo la cabeza.

Brady fijó sus ojos en ella, tratando de comunicarle con la mirada que nunca en toda su vida había tenido nada tan claro.

—Pues por lo serio que se ha puesto yo diría que sí —apuntó su madre—. Pero ahora vamos a dejarlo estar y vamos a desayunar —dijo dando un par de palmas—. Venga, que se enfría.

Mientras comían y Robbie, que ya se había quedado tranquilo, hablaba entusiasmado de lo mucho que le gustaban sus videojuegos y de que quería ser programador, acudió a la mente de Brady la conversación que había tenido por teléfono la noche anterior con Mike.

—¿Que está embarazada?

—Sí —mientras hablaba, Brady andaba arriba y abajo por su habitación, parándose de vez en cuando para mirar por la ventana, aunque era noche cerrada y no se veía demasiado—. Dice que no quiere nada de mí, que no me necesita.

—¿Y tú te lo crees?

Nunca había habido nadie que lo necesitara, así que… ¿por qué iba a necesitarlo Aine?

—No hay razón para que no lo crea.

—¿Pero qué dices? Lo único que está haciendo Aine es darte una salida fácil, eso es todo —Mike suspiró y, tratando de ser paciente, añadió—: Le dijiste que no querías una relación seria y la mandaste de vuelta a Irlanda, ¿no?

—Bueno, sí…

–¿Y por qué iba a pensar que has cambiado de opinión? Lo que está haciendo es decirte lo que cree que quieres oír.

–¿Tú crees?

–¡Por favor…! –Mike resopló y le dijo–: La pregunta es qué vas a hacer. ¿Darle lo que crees que quiere o lo que necesita?

–¿De verdad creíste que me casaría contigo, cuando me has dado a entender, una y otra vez, que no quieres nada serio?

Aine no había tardado demasiado en revolverse, pensó Brady. Apenas se habían alejado diez pasos de la casa de invitados cuando cargó contra él.

–Te casarás conmigo –le dijo él con firmeza–. Y aunque no lo quieras, lo harás por nuestro hijo –añadió tomándola del brazo y conduciéndola hacia el castillo.

–No lo haré –insistió ella–. No viviré una mentira –se soltó y apretó el paso, manteniendo la vista al frente–. En California me dejaste bien claro que nunca tendrías una relación con una empleada. Y es lo mejor, porque eres un hombre rico y yo me sentiría como un pez fuera del agua en tu mundo igual que tú jamás podrías encajar en el mío. No tienes que preocuparte; nuestro hijo no tendrá ningún problema porque sus padres no estén casados.

–Eso no es verdad –Brady la hizo detenerse bajo uno de los robles de la entrada y la hizo volverse hacia él–. Seguro que piensas que los tiempos han cambiado, que da igual que un niño no tenga padre, pero no es así. Las cosas no han cambiado tanto, y no dejaré que mi hijo sufra porque sus padres no fueron capaces de llevarse bien.

—¿Y te parece mejor que dos personas se casen contra su voluntad? —le espetó ella.

—No tenemos por qué vivir juntos —replicó él—. Nos casaremos, pero solo seguiremos casados hasta que nazca el bebé.

—¿Y luego qué?, ¿nos divorciamos? —Aine sacudió la cabeza—. Esta debe ser la primera proposición de la historia que incluye un plan para acabar con el matrimonio cuando apenas ha empezado.

—Quiero que mi hijo sepa que sus padres estuvieron casados.

—¿Aunque fuera por poco tiempo?

—Mira, lo de las relaciones no se me da bien, pero el hijo que llevas en tu vientre es mío, y voy a asegurarme de que sepa que me importaba lo bastante como para casarme con su madre. En fin, ese es el trato —concluyó, metiéndose las manos en los bolsillos.

—¡Madre mía, es lo más romántico que he oído! —exclamó ella con sorna.

—¿Quién ha hablado de romanticismo? —espetó él.

Aquello no iba de amor, ni del «felices por siempre jamás», se dijo. Iba de asegurarse de que su bebé y ella estarían bien y no les faltaría de nada. Incluso le daría su apellido a su hijo, y aunque no viviesen juntos, el pequeño sabría que a su padre le importaba.

—Tú desde luego no —dijo ella con aspereza.

—Aine, déjame hacer esto. Por ti. Por nuestro bebé —insistió Brady. Nunca había tenido que suplicarle a nadie, y no le resultaba fácil—. Para mí es importante que estéis bien y que no os falte de nada.

La expresión de Aine se suavizó.

–Por supuesto que estaremos bien –le aseguró. Puso una mano en su mejilla y, mirándolo a los ojos, le preguntó–: ¿Qué es lo que te pasa? ¿Por qué te niegas a ser parte de algo? ¿Qué te mueve a hacerme una proposición de matrimonio con la promesa de un final en vez de un comienzo?

Brady dio un paso atrás. No podía pensar con claridad con la suave y cálida mano de Aine contra su mejilla.

–Tu madre y tu hermano son estupendos –dijo, lanzando una mirada a la casita–. Creciste con el cariño de una familia, y por eso sabrás formar la tuya. Yo no, y por eso no quiero intentarlo, porque no quiero arriesgarme a fracasar.

–No entiendo lo que quieres decir, Brady. ¿Por qué no me cuentas qué es lo que te atormenta?

Él sacudió la cabeza.

–No lo comprenderías.

Brady fue implacable en su cruzada por ganarse a Aine. En los días siguientes, fuera donde fuera, allí se lo encontraba. Le ponía la mano en la espalda cuando iban caminando juntos, se aseguraba de que se sentara y pusiera los pies en alto por las tardes y la ayudaba con la contabilidad del hotel.

Estar con él a todas horas era un tormento, y se sentía como si estuviese ardiendo por dentro. No intentó siquiera volver a besarla, pero ella, a cada día que pasaba lo deseaba más. ¿Estaría castigándola y castigándose a él también por haber rechazado su propuesta de matrimonio y divorcio? ¿Pero cómo podía un hombre ofrecerle a una mujer algo así?

Brady la acompañaba al pueblo cuando tenía que hacer alguna gestión, y a cada sitio que iban se presentaba como su prometido, e invitaba a todos los que se encontraban a una boda que no se iba a celebrar.

Además, estaba quitándole la mayor parte del trabajo, ocupándose él mismo de los suministros que había que pedir, de supervisar las reformas y hasta consiguió que los proveedores de las tejas se comprometieran a enviarlas esa misma semana, lo cual la irritó profundamente.

También pasaba tiempo con Robbie, enseñándole los entresijos de la creación de un videojuego desde cero, y jugaban durante horas a la consola con su vieja televisión.

Su madre, por su parte, no tenía sino alabanzas para Brady: que si había reparado una tubería que tenía una fuga, que si le había arreglado la puerta de un armario de la cocina que tenía una bisagra rota...

Estaba ganándose a su familia, a sus amigos y hasta a los hombres que estaban llevando a cabo las reformas.

Y cada día volvía a pedirle que se casara con él, dejándola con una terrible desazón y haciendo que deseara que su proposición fuese sincera, que la amase, y que quisiese vivir y formar una familia a su lado.

Ella trató de ahogar sus anhelos y su tristeza volcándose en los planes para la reapertura del hotel. Se le había ocurrido organizar un concurso en la página web cuyo premio sería una estancia de una semana en el castillo con todos los gastos pagados para dos personas. Brady y los Ryan le habían dado el visto bueno, y

Aine estaba convencida de que sería una buena manera de conseguir más clientes.

Estaba en su despacho, repasando unas cosas, cuando le sonó el móvil. Era su madre.

–Aine, ven a casa –le dijo Molly sin aliento–. ¡Tienes que ver esto!

Iba a preguntarle qué ocurría, pero antes de que pudiera hacerlo, su madre ya había colgado.

Cuando llegó a la casita de invitados vio que había cuatro hombres pintándola por fuera, y otro tres poniendo tejas nuevas en el tejado. ¿Qué estaba pasando allí? Su madre salió a la puerta y la llamó muy excitada, agitando la mano.

–¡Entra, entra! –exclamó, y cuando estuvo lo bastante cerca la tomó de la mano y la arrastró dentro–. ¿No es maravilloso? Brady dijo que ya no tendría que preocuparme más por las goteras del tejado, y de repente llegaron esos hombres para arreglarlo. Y los pintores también. ¿Verdad que el color es precioso?

Las mejillas de Molly estaban arreboladas de la emoción, y una enorme sonrisa se dibujó en su cara cuando le tendió a Aine un sobre.

–¡Y luego pasó esto!

Aine lo abrió y sacó de él unas hojas grapadas que leyó por encima, y luego más despacio, porque no podía creer lo que estaba leyendo.

–Brady te ha cedido la casa en propiedad… –murmuró alzando la vista hacia su madre.

Los ojos de Molly se llenaron de lágrimas.

–Es un encanto, Aine. En la nota que me envió con los papeles decía que quería que fuese nuestra esta casa que tanto amamos.

Aine se había quedado sin habla. Le parecía increíble que Brady hubiera hecho algo tan generoso por su madre. Ya no tendría que volver a preocuparse por pagar el alquiler, y aquella pequeña casa que se había convertido en su hogar ahora era suya de verdad.

–En mi vida me habían dado una sorpresa así. Me entraron palpitaciones cuando vi esos papeles, te lo juro. ¡Pero eso no es todo! –tiró de su hija para llevarla a la cocina–. ¡Mira! ¿Te lo puedes creer?

Había una cocina nueva de vitrocerámica, y en el rincón había un frigorífico reluciente de color cereza.

–¿No es asombroso? –dijo Molly, deslizando la mano por la vitrocerámica y suspirando de felicidad. Se dejó caer en una silla y miró a su alrededor, como si fuera un sueño–. Todo esto es… es demasiado. ¡Y aún hay más! También le ha enviado a Robbie un televisor enorme y una consola nueva. ¡Ah!, y un programa de diseño gráfico o algo así.

–¿Por qué…? –murmuró Aine–. ¿Por qué está haciendo Brady todo esto?

–Pero, cariño, ¿no lo ves? –Molly tomó su rostro entre ambas manos–. Te quiere, hija mía. No sabe cómo expresarlo y por eso está haciendo todo esto. Te está demostrando sin palabras cuánto significas para él.

Aine querría creerlo, pero le era imposible.

–Te equivocas, mamá –dijo finalmente con tristeza–. Lo que pasa es que es un hombre rico, cree que puede arreglarlo todo con dinero.

–No tenía por qué solucionar nuestros problemas –apuntó su madre–. Todo esto lo está haciendo por ti.

¿Tendría su madre razón? ¿Estaría Brady enamorado de ella? Y si así fuera, ¿por qué no se lo decía?

Capítulo Diez

Aine encontró a Brady en la parte de atrás del castillo, cerca del laberinto. Al oírla llegar se volvió hacia ella y le preguntó:

—¿De verdad necesitamos este laberinto? Ocupa un montón de espacio y…

Aine fue hasta él, tomó su rostro entre las manos y se puso de puntillas para besarlo. Fue como si la sensación de sus labios contra los de ella, después de tanto tiempo, despertara a su alma de un prolongado letargo.

Al principio Brady dio un respingo, sorprendido, pero luego claudicó, apretando los puños contra su espalda y atrayéndola hacia sí. Aine sintió los fuertes latidos de su corazón contra su pecho, supo que no quería vivir el resto de su vida sin él.

Brady hizo el beso más profundo, y Aine enroscó su lengua con la de él, dejando que le robara el aliento, mientras su corazón se desbocaba y le flaqueaban las rodillas.

Cuando finalmente separaron sus labios y Brady levantó la cabeza y la miró, tenía una media sonrisa.

—¿A qué venía eso?

—He estado hablando con mi madre.

—Ah…

Los ojos de Brady se ensombrecieron, y se alzó entre ellos el muro invisible que Aine ya conocía demasiado bien, ese muro con el que él se aislaba del mundo y no dejaba entrar a nadie. Brady dio un paso atrás y, girándose hacia la entrada del laberinto, dijo únicamente:

—Ya. Pues no hay de qué.

Aine no iba a darse por vencida tan fácilmente. Aquello era demasiado importante.

—Ese beso no ha sido solo un gracias por todo lo que has hecho por mi familia —le dijo con suavidad, rodeándolo para ponerse delante de él y obligarlo a mirarla—. También era un «te quiero».

Vio un destello en sus ojos, pero en un instante se desvaneció y se ensombrecieron de nuevo. Sus facciones se endurecieron, pero Aine volvió a intentarlo.

—Brady, he dicho que te quiero.

—Te he oído —respondió él. Dio un paso a un lado y se quedó mirando de nuevo el condenado laberinto, que a Aine en ese momento no podía importarle menos—. Pero no es verdad. Te sientes agradecida; eso es todo —sentenció—. Respecto a lo del laberinto…

—¡Olvídate por un momento del maldito laberinto! —le espetó ella—. Y no me digas qué es lo que siento o lo que no. Es insultante.

—Pues entonces no confundas amor con gratitud —replicó él, mirándola brevemente antes de volver a fijar sus ojos en el laberinto—. Si nos deshiciéramos del laberinto…

Ella resopló furiosa y lo interrumpió, diciendo tajante:

—No vamos a deshacernos de él. Lo diseñó la biznieta de *lord* Butler en 1565. Es parte del castillo, tanto como lo son sus muros de piedra y sus almenas. Solo necesita un poco de mantenimiento –lanzó una mirada a los altos setos, algo descuidados, que formaban las paredes del laberinto–. Un buen jardinero lo pondrá en forma en nada de tiempo. Y a lo mejor los seguidores de vuestros juegos hasta podrían cazar hombres lobo en él o algo así cuando vengan –añadió con un ademán indolente–. O podríamos dar un premio al que consiga salir antes de él.

–Umm… no es mala idea –murmuró él, adentrándose en el laberinto.

Aine refrenó el arranque de ira que amenazaba con estallar en su interior. ¿Por qué estaba Brady tan empeñado en ignorar lo que estaba tratando de decirle? Fue tras él, y cuando le dio alcance, lo agarró por el brazo y le hizo volverse hacia ella.

–¿Por qué no crees que te quiero?

Los ojos de Brady volvieron a ensombrecerse, como los nubarrones oscuros que estaba arrastrando el viento desde el mar. A Aine se le encogió el estómago de preocupación, pero se mantuvo firme. Quería una respuesta. Los segundos se convirtieron en minutos que parecían pasar con exasperante lentitud mientras esperaba. Y entonces, justo cuando ya creía que no le iba a contestar, lo hizo.

–Porque nadie me ha querido nunca –respondió con voz ronca.

Luego se frotó los labios con la mano, como si así pudiera borrar el regusto amargo de sus palabras, y soltó una risa amarga que hizo a Aine contraer el rostro.

–Brady… –murmuró, deslizando la mano por su brazo para ofrecerle consuelo–. Háblame. Cuéntame qué es lo que te atormenta.

Él bajó la vista a su mano y la miró a los ojos. Cuando por fin habló, su voz sonaba cansada.

–Siempre estás diciendo que somos muy distintos. Pues tienes razón, pero no por los motivos por los que crees –avanzó hacia ella, acorralándola contra uno de los setos del laberinto–. ¿Quieres saber por qué no me veo casado y con una familia? Porque no he tenido una. Nunca he sabido lo que es ser parte de una familia. Cuando tenía seis años mi madre me llevó a un centro de acogida y se largó. Nunca la volví a ver –la ira y el dolor de aquel niño que había sido relampagueaban en sus ojos–. No tengo ni idea de quién era mi padre. Los servicios sociales me mandaban de una familia de acogida a otra, con mis cosas en bolsas de papel, como si fueran basura.

Dio un paso atrás, como si no pudiera soportar estar tan cerca de ella mientras revivía su pasado. Aine no sabía qué decir, cómo ayudarle, así que permaneció callada y siguió escuchándolo con el corazón encogido.

–Desde los seis hasta los dieciséis años pasé por cinco familias de acogida. No encajé en ninguna de ellas. Ninguna quiso que me quedara con ellos –tragó saliva–. Después de eso le dije a la gente del centro de acogida que no quería probar con ninguna otra familia. Me quedé allí y seguí con mis estudios hasta que cumplí los dieciocho y pude salir de allí y arreglármelas solo.

–Brady, no sabes cuánto lo siento… –Aine alargó una mano hacia él, pero Brady se apartó.

–No te estoy contando esto porque quiera tu compasión –le dijo él con aspereza–. Jamás le había contado esto a nadie, ni siquiera a Mike y a Sean. Saben parte, pero no todo. Pero necesito que tú lo sepas para que comprendas. ¿Crees que soy rico? Lo único que tengo es dinero. Tú eres mucho más rica que yo en todos los sentidos, Aine –se pasó una mano por el cabello, inspiró, y le espetó–: Creciste con unos padres, con un hermano, tenías una casa, tenías amor… Nunca te planteaste si te querían o no; ¿por qué habrías de hacerlo? Siempre lo diste por hecho –metió las manos en los bolsillos de la chaqueta, como si no supiera qué hacer con ellas–. Yo no sé lo que es eso. Así que, sí, eres mucho más rica de lo que yo lo seré jamás, ¡y vaya si te envidio por ello!

A Aine le dolía el corazón de imaginar lo duro que debía haber sido para él de niño, y en su adolescencia, pero el Brady adulto que tenía frente a ella la exasperaba. ¿Es que no se daba cuenta de que era mucho más como persona de lo que creía que era? Cierto que no había crecido con amor, como ella, pero había tanto amor contenido en su interior, pugnando por salir. Lo veía en su amistad con los Ryan, en la generosidad que había mostrado con su madre y su hermano, cada vez que la acariciaba o la besaba…

–No quiero formar una familia porque no sabría cómo –admitió él–. Si lo intentara y fracasara, haría daño a nuestro hijo, y no me arriesgaré a que eso ocurra.

Tal vez no fueran tan diferentes como había pensado hasta entonces, pensó Aine. El dinero, después de todo, no era más que un frío consuelo cuando no tenías a nadie con quien compartirlo. Brady creía que su valía como persona solo podía medirse por su cuenta bancaria. Por eso siempre le estaba ofreciendo dinero, porque en su interior era incapaz de creer que pudiera quererlo por sí mismo.

–El único modo en que podrías hacerle daño a nuestro hijo sería no queriéndolo –le dijo suavemente–, no estando a su lado.

–Eso no es verdad, Aine –replicó él con la voz tirante, como si tuviera un nudo en la garganta. Bajó la vista a la curva de su vientre y la miró a los ojos–. No sabría cómo ser padre. Lo de la familia no es lo mío.

–Eres el hombre más cabezota de los hombres que he conocido –saltó ella–. Y estás ciego, además.

–¿Qué?

–Sí que tienes una familia, Brady. Los Ryan son tu familia, y con ellos te va bien, ¿no? –dio un paso hacia él–. También te has ganado a mi madre y a mi hermano, y en solo unos días. Y a mí, Brady, desde el día en que nos conocimos; mi corazón te pertenece.

Aine tomó su mano y la puso sobre su vientre. El bebé dio una patada justo en ese instante, como si supiese que su padre estaba con ellos. Aine vio a Brady abrir mucho los ojos, como maravillado y emocionado, y Aine sintió que una sensación cálida inundaba su pecho.

–¿No lo ves? –le dijo–. Ya has formado una familia. Ahora nos tienes a mí y al bebé, a nuestro hijo.

Brady acarició su vientre, e inclinó la cabeza para besarla con ternura. Cuando despegó sus labios de los de Aine, apoyó su frente en la de ella y le susurró:

–Dices que me quieres, Aine.

–Y así es.

–Pues entonces cásate conmigo.

–Lo haré si te quedas a nuestro lado, si no nos dejas –le prometió ella.

–No puedo –murmuró él–. No puedo arriesgarme a destrozar tu vida y la de nuestro hijo. No sé cómo ser lo que esperas de mí.

–Más bien di que no quieres –le espetó ella. La frustración, la ira y el amor que sentía batallaban en su interior–. De modo que vas a hacer otra vez lo mismo: a sacrificar lo que quieres, según tú, por mi propio bien. Le darás la espalda a lo que podría ser y te aferrarás a un pasado que no te trae más que dolor.

–¿Es que no lo entiendes? –insistió él en un tono cortante–. No puedo tener lo que quiero si no me arriesgo a echarlo todo a perder, y no te haré eso, ni se lo haré al bebé.

Dolida, y sintiéndose rechazada una vez más por el hombre al que amaba y al que necesitaba, Aine se apartó de él. Hasta que no se diera cuenta de lo que podían tener juntos, le dijera lo que le dijera de nada serviría.

–¿Sabes qué es lo más duro? –añadió–. Me quieres. Me lo has hecho ver de todas las maneras posibles, pero no me lo has dicho con palabras. No me conformaré con menos, Brady. Creo que merezco ser feliz, que los dos lo merecemos. Quiero oírte decir esas palabras y quiero la promesa que conllevan. Cuando las encuentres en tu corazón, yo estaré aquí, esperando.

Brady se fue a la mañana siguiente. Dos días después estaba solo, en su despacho de California, observando el amanecer. Apenas había dormido desde que había vuelto de Irlanda, así que de nada le servía quedarse en la cama esperando volver a dormirse cuando se desvelaba. Tomó un sorbo de la taza de café en su mano. Aunque estaba mirando por la ventana, su mente estaba en otra parte, estaba pensando en Aine.

No se había despedido de ella. Había pensado que así era mejor, menos difícil. «¿Para quién?», le preguntó una vocecilla en su mente. «¿Para ella?, ¿o para ti?».

La respuesta era para los dos, por supuesto. No se había ido sin despedirse porque fuera un cobarde, solo estaba haciendo lo correcto. Había tomado una decisión difícil, pero lo había hecho por los dos y por el bebé.

Sabía que Aine no lo entendía, pero no podía culparla por ello. Le quería. Solo de pensarlo sintió una punzada en el pecho, y un dolor sordo pareció extenderse por todo su cuerpo. Nadie lo había querido nunca, y él se había cerrado al amor que ella le había ofrecido. De pronto era como si en su interior hubiese un vacío insoportable. Tenía la sensación de que el resto de su vida iba a ser así, horriblemente vacía.

–¿Qué haces aquí tan temprano?

Brady volvió la cabeza. Era Mike, que se había asomado a la puerta abierta.

–No podía dormir –le respondió.

Tomó un buen trago de café, con la esperanza de que la cafeína le sacudiese el sueño de encima, y dejó la taza en la mesa.

–Me pregunto por qué… –murmuró Mike, entrando en el despacho. Se sentó en una de las sillas frente a su escritorio.

–Es por el *jet lag* –mintió Brady, mirándolo con el ceño fruncido.

No estaba de humor para charlar con él. No estaba de humor para nada.

–Ya. Pues no me lo creo –Mike entrelazó las manos sobre su regazo, ladeó la cabeza, y le dijo–: ¿No vas a decirme por qué te has dado tanta prisa en volver con una mujer como Aine allí, con un hijo en camino?

–Tuve que hacerlo –respondió Brady volviendo a la ventana. Apoyó un hombro en la pared y se quedó mirando la calle a través del cristal–. Dice que me quiere.

–Una mujer hermosa y que lleva en su vientre un hijo tuyo te dice que te quiere… ¿y tú te subes a un avión y te vas? –exclamó Mike anonadado–. ¿Es que eres idiota?

–No, no lo soy. Pero sé que mi sitio no está junto a ella –replicó Brady, girándose para fulminar a su amigo con la mirada–. ¿Qué se supone que debía hacer? No sé qué es lo que tiene que hacer un buen padre, ni sabría cómo ser un buen marido –le espetó–. No puedes hacer algo que nunca antes has hecho.

–Tú no estás bien de la cabeza. Lo que acabas de decir es una chorrada –Mike se levantó y puso los brazos en jarras–. Es lo que hace el mundo entero cada día. Cuando me subí a una tabla de surf por primera vez no lo había hecho antes. Por eso se llama primera vez.

–Eso es distinto –masculló Brady, pasándose una mano por el cabello. Bueno, no lo había visto desde ese punto de vista, y sí, Mike tenía razón, pero hacer surf no era algo importante como lo eran un matrimonio o un hijo–. Si te subes a una tabla de surf y te caes al agua, vuelves a intentarlo y ya está, pero no estás a la altura como padre, le fastidias la vida entera a tu hijo.

–¿Y qué te hace pensar que no estarías a la altura?

Brady sacudió la cabeza. Mike sabía por qué. O al menos, sabía lo bastante de su pasado como para poder contestar él mismo esa pregunta.

–Mira, Brady, la vida te está dando una oportunidad –dijo Mike mirándolo a los ojos–: una mujer que te quiere y un bebé que te necesita. Llevas toda tu vida intentando escapar del pasado y, no sé, a lo mejor va siendo hora de que dejes de huir, de que formes la familia que no pudiste tener.

Parecía fácil, pero Brady sabía que no lo era.

–¿Cómo?

Quería saberlo, creer que podía hacerlo. La esperanza era como un cuchillo afilado que estuviera clavándosele en el pecho, ansioso por despedazar todas sus dudas.

–¿Que cómo puedes tener la clase de familia que habrías querido tener de niño? –dijo Mike–. Pues con cariño y con buena voluntad. Solo tienes que pensar en Aine, en vuestro hijo, y en ti mismo. Deja de engañarte, de huir de lo que necesitas, y lánzate a por ello –se rio suavemente y sacudió la cabeza–. Vuelve a Irlanda, Brady. Allí está tu sitio.

Brady se quedó mirándolo. Estaba hecho un lío. Recordó todas las veces que, de niño, había soñado con la familia que quería tener. Y, como decía Mike, estaba allí, en Irlanda, esperándolo… si estaba dispuesto a arriesgarse por ella.

Brady respiró tranquilo por primera vez desde que salió de Irlanda, y pensó lo que le estaba diciendo su amigo. ¿No era mejor intentar algo y fallar que no intentarlo siquiera? Además, ¿cuándo había fallado cuando quería algo de verdad? Nunca. ¿Por qué no había pensado en eso hasta ese momento? ¡Qué demonios!, tal vez solo necesitase tener un poco de fe. En sí mismo, en Aine, en el futuro con el que solía soñar de niño.

–Mike, voy a tener que llevarme otra vez el jet de la empresa –dijo yendo hacia la puerta.

–¿Ah, sí? –Mike sonrió–. ¿Por cuánto tiempo?

Brady se detuvo al llegar a la puerta y giró la cabeza para mirar a su amigo.

–El justo para llegar a Irlanda.

La sonrisa de Mike se hizo aún mayor.

–Entonces, supongo que a partir de ahora trabajarás a distancia, ¿no? –dijo yendo hacia él.

–Con suerte, sí –asintió Brady–. Hoy en día con Internet, Skype y el móvil puedes trabajar desde cualquier sitio. Y vosotros vendréis a la reapertura del hotel, ¿no?

–No nos la perderíamos por nada del mundo –dijo Mike tendiéndole la mano.

Brady la tomó y atrajo a su amigo hacia sí para darle un fuerte abrazo.

–Gracias, Mike. Por todo.

Mike le dio una palmada en el hombro.

–Estaremos esperando la invitación para la boda.

–Cuenta con ello –respondió Brady, y salió corriendo de la oficina, confiando en que no fuera demasiado tarde.

–Volverá, cariño –le dijo Molly a su hija mientras tomaban juntas el té.

A pesar del frío viento que azotaba las ventanas, en la cocina de su madre hacía un calor muy agradable. Fuera, la luz de la luna iluminaba con su pálido fulgor plateado los árboles que rodeaban la casa.

–No lo creo –murmuró ella.

Tenía la esperanza de que su madre tuviese razón,

pero le dolía el corazón al recordar la firme y estoica determinación en el rostro de Brady, cuando le había dicho que no podía ser lo que esperaba de él.

Habían pasado tres días, y se sentía como si nunca más fuese a volver a sonreír, a ser feliz. Tres días ya y apenas podía pasar un minuto sin pensar en él. ¿Cómo iba a vivir el resto de su vida sin él?

–¿Por qué no vuelves a vivir con nosotros una temporada? –sugirió su madre, tomándole la mano para apretársela suavemente–. La verdad es que no me iría mal tu compañía. Últimamente Robbie casi no sale de su cuarto. Desde que Brady le dio ese programa de ordenador se pasa allí casi todo el tiempo creando horribles monstruos: zombis, gárgolas… –se quedó callada y suspiró–. Perdona, he mencionado su nombre sin darme cuenta. No quiero ponerte triste.

–No pasa nada –replicó Aine, obligándose a esbozar una sonrisa por su madre–. Me alegra que Robbie esté disfrutando con ese programa. Brady dijo que tiene mucho talento.

Incluso había hablado de que podrían ofrecerle un empleo cuando terminara sus estudios.

–Respecto a lo de venirme aquí con vosotros… –le dijo a su madre–, te lo agradezco, pero prefiero quedarme en el castillo. Así puedo estar pendiente de las reformas.

Cuando se levantó de la silla su madre se levantó también y rodeó la mesa para darle un abrazo.

–Siempre hay esperanza para el amor –murmuró acariciándole el pelo–. No pierdas la esperanza. No la pierdas jamás, porque, si lo haces, entonces todo estará perdido.

Capítulo Once

La segunda vez que Brady se dirigía hacia el castillo en un coche alquilado sabía exactamente dónde iba: al único lugar donde quería estar.

La luz de la luna, que iluminaba la estrecha y sinuosa carretera, lo acompañó hasta que cruzó la reja de entrada, ahora pintada de color plata. Miró al pasar la casita de invitados, pero siguió hasta el patio frente a la entrada del castillo, que recortado contra la luz de la luna era una enorme sombra que parecía cernirse sobre él, desafiándolo a entrar, a reclamar lo que había ido a buscar. Y Brady estaba más que dispuesto a enfrentarse a aquel reto.

Por fin se sentía preparado para dejar atrás el pasado e iniciar una nueva vida. Solo esperaba poder convencer a Aine de que era un hombre nuevo, y de que era ella quien le había hecho cambiar.

Usó su llave para abrir el portón de entrada y cerró despacio tras de sí. En el interior reinaba el más absoluto silencio, y subió la escalera con todo el sigilo que pudo para no hacer ruido.

Al llegar al rellano superior giró y se dirigió a la habitación de Aine, rogando por que aún estuviera allí y no hubiera vuelto a la casita con su familia.

Al girar el pomo de la puerta vio que no estaba cerrada, y lo tomó como una buena señal. Entró en la habitación en penumbra, se detuvo a los pies de la cama y la observó mientras dormía.

La luz de la luna se colaba por la ventana, derramándose por la cama, y arrancaba un suave brillo de su melena rojiza. Tenía la cabeza apoyada en un brazo, y el otro descansaba en torno a su vientre hinchado, como si estuviera acunando a su bebé.

La angustia que lo había atenazado durante días se disipó, y una sensación cálida se extendió por su pecho. Todo lo que quería estaba allí, en aquella cama.

Se quitó la ropa y se metió bajo las sábanas con ella. Cuando la atrajo hacia sí, le maravilló que no se despertara. No se sobresaltó, sino que se acurrucó contra él y le pasó un brazo por la cintura, como si hubiese estado allí tumbada, esperando su llegada.

El corazón de Brady palpitó con fuerza. El dulce aroma de Aine lo envolvió y el suspiro que escapó de sus labios, rozando su pecho, hizo que una ola de calor lo invadiese.

Como no podía resistir ni un segundo más, inclinó la cabeza y la besó. Adormilada, ella respondió al beso y entonces se despertó. Abrió los ojos, parpadeó, y susurró:

–¿Brady?

Antes de que pudiera apartarse de él, le ciñó la cintura con más fuerza, como si temiera que, si la dejaba ir, ya no podría recuperarla jamás.

–Aine, he vuelto. He venido para quedarme, si me das otra oportunidad.

Ella alzó la vista sin decir nada; solo lo escrutó con esos hermosos ojos verdes durante un largo rato. Brady no tenía la menor idea de qué podría estar pensando, y lo asaltó la preocupación. ¿Estaría teniendo dudas?

Tenía que hablarle, escoger las palabras adecuadas. Era muy importante. Quería ser poético, romántico. Quería decirle que no aceptaría un no por respuesta. Iba a casarse con él. No se conformaría con menos. Y, sin embargo, al final, de sus labios solo salió la verdad:

–Quiero estar aquí, contigo. Te necesito.

Aine abrió la boca para responder, pero antes de que pudiera hacerlo, Brady puso la mano sobre su vientre redondeado y le dijo:

–Quiero ser un buen padre para nuestro bebé, y lo seré. Nunca he fracasado cuando me he propuesto algo que quería de verdad. Y nunca he deseado nada tanto como deseo estar contigo y con nuestro bebé, ser una familia.

Al pronunciar esas palabras sintió una patada del pequeño bajo su mano, y le pareció que el corazón iba a estallarle de felicidad.

–Quiero vivir aquí, en Irlanda, contigo. Puedo trabajar desde aquí –le dijo.

Las palabras brotaban sin cesar de sus labios, como si su cabezonería las hubiese estado conteniendo como un fuerte dique y ahora de repente se hubiese abierto una grieta en el muro por la que estuviesen escapando todas.

–Construiremos nuestra propia casa aquí, dentro de los terrenos del castillo, tal vez detrás del laberinto. Así estaremos cerca de tu familia, porque para mí son casi tan importantes como lo eres tú.

Aine tragó saliva y parpadeó para contener las lágrimas que asomaban a sus ojos.

–He pensado que podemos vivir aquí, en el castillo, hasta que la casa esté terminada. Y será como tú quieras: parecida a la casita en la que vive tu familia, o si quieres hasta una réplica del castillo.

Aine dejó escapar una risita, y aquello avivó las esperanzas de Brady. Tenía que seguir hablando, porque una vez parara, ella tomaría una decisión, y tenía que asegurarse de que sería la decisión correcta.

–Bueno, a mí la casa me da igual –le dijo–. Lo que me importa es que haremos de ella nuestro hogar.

Aine estaba observándolo en silencio, muy atenta, y Brady vio que en sus ojos había también un tímido brillo de esperanza.

–Aunque me alegro de verte, y quiero más que nada en el mundo que te quedes aquí, conmigo –le dijo con dulzura–, no quiero ser una carga para ti durante el resto de tu vida. No quiero que me veas como un deber con el que debes cumplir ni…

–No te veo como un deber –la interrumpió él, desesperado por hacerle ver la verdad que él apenas acababa de vislumbrar–. Eres un regalo del cielo. El único con el que he sido bendecido. No sé qué he hecho para merecer que Dios te pusiera en mi camino, pero me siento muy agradecido.

–Brady…

Aine se mordió el labio, y Brady vio lágrimas en sus ojos. Como no estaba seguro de si eran lágrimas de alegría o de tristeza, se apresuró a hablar de nuevo, a luchar por la vida que siempre había querido.

–Todo lo que tengo lo he conseguido por mí mismo –dijo acariciándole el cabello–, pero cuando estás conmigo siento que hay mucho más. Contigo siento que lo tengo todo. Sin ti, es como si no tuviera nada. Tú eres mi corazón, y vivir sin ti es como una vida a medias.

Los labios de Aine se curvaron en una leve sonrisa.

–¿Y las palabras mágicas, Brady? –dijo poniéndole una mano en la mejilla–. Te dije que quería oírtelas decir. Y la promesa que conllevan.

–Empezaré por la promesa –murmuró él.

Se incorporó y alcanzó el anillo que había llevado en su bolsillo durante todo el viaje desde California. Lo había comprado de camino, en el aeropuerto, y lo había mantenido todo el tiempo con él, como un talismán, como la promesa que ella estaba esperando.

Sostuvo el anillo entre sus dedos. Era de plata y llevaba engarzada una esmeralda. Lo había escogido porque le había recordado a ella, aunque ninguna gema podría brillar tanto como sus bellos ojos.

–Quiero que te cases conmigo –le dijo en un tono quedo pero firme–. No por el bebé, ni por deber, sino porque en ti encontré algo en lo que hasta ahora no creía –inspiró y, sonriéndole, le dijo–: Te quiero. Nunca pensé que pronunciaría esas palabras. Nunca pensé que necesitaría decirlas, pero sí que lo necesito. Quiero decírtelas durante el resto de mi vida. Te quiero, Aine, y te prometo que siempre te querré.

Una sonrisa radiante iluminó el rostro de Aine.

–Me casaré contigo, Brady Finn, porque te quiero con toda mi alma –le susurró, extendiendo su mano para que pudiera ponerle el anillo–, y te prometo que siempre te querré.

–Gracias a Dios –murmuró él. Y, después de deslizar el anillo en su dedo, apoyó su frente en la de ella.

Aine tomó su mano y la llevó con la suya a su vientre, conectándolos a los tres.

–Te doy mi palabra –dijo Brady besándola una vez,

y luego otra– de que para mí lo primero siempre seréis vosotros, mi familia.

Aine se rio suavemente, le rodeó el cuello con el otro brazo y lo atrajo hacia sí para darle un largo beso.

–Y qué maravillosa familia seremos –murmuró.

Lo besó de nuevo, y Brady sintió cómo le llenaba el amor de Aine, cómo llenaba de luz los rincones de su alma que hasta entonces habían permanecido vacíos y oscuros. Con Aine acurrucada entre sus brazos se sintió por primera vez como un hombre verdaderamente rico.

Epílogo

La gran reapertura de Fate Castle vació el pueblo y medio condado. No aceptaban reservas hasta Año Nuevo, lo que daría a Brady y a Aine la oportunidad de disfrutar de sus primeros meses de casados sin cazadores de zombis merodeando por ahí, pero como ya habían terminado todas las reformas querían que la gente del lugar pudiera ver todo lo que habían hecho. Y por el momento parecía que les gustaba.

Estando como estaban en octubre, hacía demasiado frío para celebrar la fiesta de reapertura en el exterior, así que la celebraron en el salón del banquete. Había música tradicional irlandesa, que hizo que mucha gente se animara a bailar, las largas mesas estaban repletas con un sinfín de manjares, y si el castillo hubiera tenido un foso habrían podido llenarlo con toda la cerveza que sirvieron.

Mientras observaba la celebración, Brady se dijo de nuevo que era un hombre con suerte. Había encontrado su sitio en el mundo: tenía una esposa preciosa que lo quería y un hijo en camino. Por no mencionar una suegra encantadora y un cuñado que compartía con él su pasión por los videojuegos.

Había comprado aquel castillo con sus socios por negocios, pero había encontrado la clase de vida con la que siempre había soñado. Y lo de trabajar a distancia estaba funcionando bien. Entre las reuniones semanales por Skype y las conversaciones por teléfono con Sean y Mike, se mantenía al día con todo. De hecho, en lo profesional le estaba yendo mejor que nunca, porque se le habían ocurrido buenas historias para nuevos videojuegos. Quizá fuera la atmósfera del castillo, que lo inspiraba.

Robbie le estaba ayudando mucho. El chico tenía talento, y estaba impaciente por empezar a trabajar con ellos. Pero ahora que era para él como una especie de hermano mayor, Brady le había insistido en que debía ir a la universidad y, si quería, comenzar con pequeños encargos puntuales en Celtic Knot.

Molly estaba supervisando las mesas, asegurándose de que en ninguna faltara comida. Le encantaba cocinar, y a Brady le encantaba dejarse caer por la casita a tomar el té y atiborrarse de esas increíbles galletas caseras que preparaba.

Sus ojos se posaron en Aine, que estaba bailando con Sean. Estaba preciosa.

–Se te ve feliz.

Brady se giró para mirar a Mike, que había aparecido a su lado con una pinta de Guinness en la mano.

–Porque lo soy –respondió.

–Ha quedado todo increíble después de las reformas –dijo Mike, paseando la mirada por el salón–. Creo que el hotel va a ser un gran éxito. Por cierto: la semana pasada recibimos los papeles para la compra del castillo que queremos convertir en el hotel River Haunt –añadió, refiriéndose a otro de sus videojuegos con ese mismo título.

–Estupendo. Y antes de que me olvide –dijo Brady–,

recibí un correo de Jenny Marshall con los nuevos bocetos que ha hecho para ese hotel.

Mike suspiró.

–¿Ah, sí?

Brady se rio al ver su expresión resignada.

–¿Qué pasa entre ella y tú?

–Nada –replicó Mike, sacudiendo la cabeza–. Ya te lo dije: nos conocimos, y luego nos despedimos.

–Ya. ¡Qué mal se te da mentir! –dijo Brady divertido–. En fin, yo creo que deberías aclararte, ya que tendrás que trabajar en ese proyecto con ella.

Mike puso los ojos en blanco y resopló.

–No me lo recuerdes.

–Relájate: puede que te vaya tan bien como me ha ido a mí.

–¿Con Jenny Marshall de por medio? Lo dudo –le dijo Mike, y luego sonrió y cambió de tema–: Pero no hablemos más de esa espina en mi costado. Aquí viene tu preciosa mujer, bribón con suerte.

Brady se volvió sonriente hacia Aine, que se dirigía hacia ellos con los ojos brillantes y una sonrisa radiante en los labios.

–¿Te importa que te robe a mi marido, Mike? –le dijo a su amigo–. Me prometió que bailaría conmigo.

–Siempre y cuando me guardes un baile a mí –dijo Mike.

–Hecho –respondió Aine, y tomó el brazo que Brady le ofrecía.

El castillo estaba más vivo que nunca, lleno de luz y color, y la fiesta estaba siendo un gran éxito. Varias personas se habían acercado ya a decirle a Aine que querían reservar una habitación cuando abriesen al público, y la gente del pueblo estaba encantada con la idea de la caza del hombre lobo en el laberinto.

La rápida canción que estaba tocando la banda terminó y comenzó una melodía más lenta para dar un respiro a las parejas que bailaban.

–¿Te he dicho ya lo preciosa que estás esta noche? –le preguntó Brady mientras comenzaban a girar.

–Sí que lo has hecho –respondió ella, peinándole el cabello con los dedos–. ¿Te he dicho yo ya que te quiero?

–Sí, pero puedes decírmelo todas las veces que quieras –murmuró él, inclinando la cabeza para besarla.

La magia existía, pensó Aine, mirando a su esposo a los ojos, donde vio reflejado el amor que sentía por él. El castillo que había luchado por proteger estaba a salvo, el hombre al que amaba había vuelto con ella, y su hijo crecía sano en su vientre. Su madre era ahora la propietaria de la casita en la que vivían su hermano y ella, Robbie tenía un futuro prometedor, y Brady y ella lo tenían todo. El bebé le dio una patada, como para decirle que compartía la dicha que sentía.

–Pues deja que te lo diga otra vez, todos los días –le dijo a su marido, poniendo la mano en su mejilla–: te quiero, Brady Finn, y siempre te querré.

Él sonrió, y cuando la hizo girar al compás del baile, todo lo que los rodeaba se disolvió en un borrón de color. Aine se sentía como si en el mundo no hubiese nadie sino ellos dos. Y así, mientras la música obraba su hechizo, apoyó la cabeza en el pecho de Brady y bailaron juntos hacia el futuro.

Juegos del destino

Barbara Dunlop

Nacido de una relación equivocada, Riley Ellis había decidido
dejar de estar a la sombra de
su hermanastro, el heredero le-
gítimo. Dispuesto a que su compañía tuviera éxito, necesitaba
algo que le diera ventaja sobre
su hermanastro. Y esa baza era
Kalissa Smith. Solo él sabía que
Kalissa era la hermana gemela
de la esposa de su rival. Su
unión con ella provocaría un
enorme escándalo.
Cuando Kalissa se enteró de la
verdad, la pasión de Riley por
ella era verdadera. Pero ¿podría
convencerla de que no era solo un peón en su plan?

¿Era verdadera la pasión de Riley por ella?

Acepte 2 de nuestras mejores novelas de amor GRATIS

¡Y reciba un regalo sorpresa!

Oferta especial de tiempo limitado

Rellene el cupón y envíelo a
Harlequin Reader Service®
3010 Walden Ave.
P.O. Box 1867
Buffalo, N.Y. 14240-1867

¡Si! Por favor, envíenme 2 novelas de amor de Harlequin (1 Bianca® y 1 Deseo®) gratis, más el regalo sorpresa. Luego remítanme 4 novelas nuevas todos los meses, las cuales recibiré mucho antes de que aparezcan en librerías, y factúrenme al bajo precio de $3,24 cada una, más $0,25 por envío e impuesto de ventas, si corresponde*. Este es el precio total, y es un ahorro de casi el 20% sobre el precio de portada. ¡Una oferta excelente! Entiendo que el hecho de aceptar estos libros y el regalo no me obliga en forma alguna a la compra de libros adicionales. Y también que puedo devolver cualquier envío y cancelar en cualquier momento. Aún si decido no comprar ningún otro libro de Harlequin, los 2 libros gratis y el regalo sorpresa son míos para siempre.

416 LBN DU7N

Nombre y apellido	(Por favor, letra de molde)

Dirección	Apartamento No.

Ciudad	Estado	Zona postal

Esta oferta se limita a un pedido por hogar y no está disponible para los subscriptores actuales de Deseo® y Bianca®.
*Los términos y precios quedan sujetos a cambios sin aviso previo.
Impuestos de ventas aplican en N.Y.

SPN-03

Bianca

Una amante a las órdenes del jeque

El jeque Khalifa estaba
aburrido de las posibles es-
posas que desfilaban ante
él. Por eso, cuando descu-
brió a la dulce e inocente
Beth Torrance en la playa
del palacio, recibió tan
agradable distracción con
los brazos abiertos…

Beth había llegado a la isla
siendo virgen e ingenua,
pero se marchó con una
gran esperanza… y con el
futuro hijo del jeque en su
vientre. Cuando el sultán
del desierto juró que tendría a su heredero y que
convertiría a Beth en su
amante permanente… ella
no pudo hacer otra cosa
que acatar el mandato real.

EL SULTÁN DEL DESIERTO
SUSAN STEPHENS

¿VENGANZA O PASIÓN?

MAXINE SULLIVAN

Tate Chandler jamás había deseado a una mujer tanto como a Gemma Watkins... hasta que ella lo traicionó. Sin embargo, cuando se enteró de que tenían un hijo, le exigió a Gemma que se casara con él o lucharía por la custodia del niño. Tate era un hombre de honor y crearía una familia para su heredero, aunque eso significara casarse con una mujer en la que no confiaba. Su matrimonio era solo una obligación. No obstante, la belleza de Gemma lo tentaba para convertirla en su esposa en todos los sentidos...

ELLA HABÍA VUELTO A SU VIDA, PERO NO SOLA...

¡YA EN TU PUNTO DE VENTA!